W0385193

Soupçons

Ouvrage publié originellement par Simon Pulse,
une marque de Simon & Schuster Children's Publishing Division sous le titre :
Suspicion
© 2013, Bayard Éditions pour la traduction française
18, rue Barbès, 92128 Montrouge Cedex
ISBN : 978-2-7470-4425-7
Dépôt légal : février 2013
Loi n° 49-956 du 16 juillet 1949 sur les publications destinées à la jeunesse.
Reproduction, même partielle, interdite.

Kate Brian

Soupçons

Traduit de l'anglais (États-Unis)
par Sidonie Van den Dries

bayard jeunesse

Kate Brian est l'auteur de nombreux romans pour adolescents, dont *Une princesse peut en cacher une autre*, chez Bayard Jeunesse, collection MilléZime.
Dans la série *Campus*, vous pouvez lire *Bienvenue à Easton* (vol. 1), *Sur invitation* (vol. 2), *Intouchables* (vol. 3), *Confessions* (vol. 4), *Nouveau départ* (vol. 5), *Héritage* (vol. 6), *Ambition* (vol. 7), *Révélations* (vol. 8), *Cet hiver-là, à Easton* (vol. 0), et *Paradis perdu* (vol. 9).

Pour Brady.

Baignade forcée

« Bon, surtout, ne panique pas… »

Comme si c'était possible ! Mon cœur battait à un rythme effréné, diffusant des flots d'adrénaline dans mes veines. Folle de terreur, je brassais l'eau dans le noir depuis une dizaine de minutes, mais j'avais l'impression que cela faisait dix heures. Et cette robe en mousseline de soie, qui m'avait paru si légère lorsque je l'avais choisie pour la soirée Casino des Ryan ! À présent, elle me collait à la peau, m'emprisonnait les jambes, au risque de me faire couler. De m'entraîner vers les abysses, où des créatures visqueuses, aux dents tranchantes, me grignoteraient les orteils, les doigts, et…

« Stop ! Arrête ça tout de suite ! »

J'allais me sortir de là. Je devais m'en convaincre. Pourvu que je ne perde pas de vue le yacht des Ryan, tout pouvait encore s'arranger. J'entendais les accords du piano flotter au-dessus de l'océan, et la clameur indiquant qu'un joueur venait de remporter une mise importante aux tables de jeu. Tant que je voyais le bateau, tant que je distinguais les guirlandes scintillantes qui ornaient le pont, j'avais une chance pour qu'on vienne me repêcher. L'embarcation filait vers Saint-Barth. Je lui intimai en pensée de faire demi-tour. J'adressai des messages télépathiques à mes amis. Noëlle. Upton. Kiran. Dash. Taylor. Tiffany. « S'il vous plaît, remarquez mon absence. Cherchez-moi. Entendez mon SOS… »

Un cri fusa dans l'obscurité et mon cœur s'emplit d'espoir. Hélas, le cri fut aussitôt suivi d'un éclat de rire. La fête battait son plein. Toutes les personnes que je connaissais sur l'île étaient à bord de ce yacht, qui s'éloignait de moi à toute vitesse.

« Ne panique pas, Reed. »

À force, ce mantra ne me faisait plus d'effet. On avait essayé de me tuer. On m'avait arraché mon collier de diamants – celui de Noëlle, en fait – avant de me pousser dans l'eau glaciale. Mon agresseur était mince, de taille moyenne, et il avait une capuche sur la tête. Lorsque j'avais refait surface, j'avais vu sa silhouette s'éloigner. Un bref instant, la lune avait éclairé la bande blanche ornant sa capuche. Impossible de dire s'il s'agissait d'un homme ou d'une femme, s'il était jeune ou vieux… Mais j'avais ma petite idée. Poppy Simon, Paige Ryan et Sienna Marquez me haïssaient parce que je sortais avec Upton Giles, le tombeur de ces dames. Apparemment, la jalousie avait fait perdre la tête à l'une de ces pestes, la poussant à commettre un crime pour se débarrasser de moi. Et son entreprise serait bientôt couronnée de succès.

« Stop ! »

Je n'allais quand même pas lui offrir la victoire sur un plateau ! Pas question ! Cette psychopathe allait être amèrement déçue quand elle me reverrait vivante. J'étais trop pressée de me planter devant elle et de lui cracher à la figure. Après quoi, je quitterais Saint-Barth par le premier avion. Cet endroit était l'enfer sur terre. À tout prendre, je crois que j'aurais préféré passer mes vacances sur l'île de *Lost*.

Le bas de ma robe avait emprisonné ma cheville droite et entravait mes mouvements. Je tâtonnai sur mon flanc avec mes doigts engourdis, et descendis la fermeture éclair. Au prix de quelques contorsions, je me débarrassai du vêtement, qui s'éloigna en flottant, emporté par le vent. Je me sentis aussitôt allégée de dix kilos, et me félicitai d'avoir pris cette sage décision. Sauf que l'effort m'avait épuisée ; je haletais. Et pour cause : je bougeais les bras beaucoup trop vite. Je m'obligeai à ralentir. Bientôt, mon rythme cardiaque diminua et je retrouvai un souffle régulier. J'étais sportive et en bonne santé. J'étais sûrement capable de me maintenir à la surface pendant plusieurs heures. Combien de temps un être humain peut-il nager ? Que disent les statistiques ? Je n'en avais aucune idée. Ce n'était pas le genre d'info que j'avais jugé bon de retenir, moi qui avais passé l'essentiel de ma vie dans un État continental. Qui aurait cru que la petite Reed Brennan, originaire de Croton, en Pennsylvanie, nagerait un jour dans la mer des Caraïbes pour sauver sa peau.

Comment m'étais-je retrouvée dans ce pétrin ?

– J'ai choisi le mauvais mec, répondis-je tout haut. Une fois de plus...

Ma voix me parut sinistre dans le silence ambiant. Je décidai de me taire. En revanche, maintenant que j'avais pensé à Upton, plus moyen de m'arrêter. Si je m'étais fiée à mon instinct, si j'avais gardé mes distances, rien de tout cela ne serait arrivé. Mais comment résister à un mec aussi craquant, qui s'était plié en quatre pour me séduire ? Un mec qui n'avait cessé de me répéter que j'étais différente... J'étais humaine, après tout. D'accord : il était sorti avec un nombre incalculable de filles. Mais je ne pouvais pas deviner qu'une de ses ex était une criminelle en puissance.

« Allons, Reed... L'expérience ne t'a rien appris ? »

Je regardai dans la direction du bateau et une onde de terreur me traversa. Les lumières s'estompaient à l'horizon. Elles clignotèrent un instant encore, avant de disparaître tout à fait.

Je fis demi-tour dans une gerbe d'éclaboussures pour scruter l'eau derrière moi. Il y avait forcément un autre bateau. Une lumière. Une bouée. Quelque chose. Hélas, je ne distinguai, à perte de vue, que le bleu sombre de l'océan, où se reflétaient des milliers d'étoiles. Pas de terre. Pas de bateau. Rien que de l'eau. J'étais seule au milieu de nulle part.

Plus personne ne viendrait me chercher, à présent. J'allais me noyer. Seule, dans le noir. On ne retrouverait même pas mon corps. J'allais dériver à l'infini au fond de l'océan.

« Non. Arrête. »

Je ne pouvais pas penser ainsi. Même si la mort me paraissait inéluctable, je devais rester optimiste. J'avais survécu à tant de choses. Peut-être que je m'en sortirais encore une fois. Il fallait juste que je me repose un peu. Je m'allongeai sur le dos, en planche, le temps de reprendre des forces.

Le ciel piqueté d'étoiles était splendide. Comme dernier spectacle, ça aurait pu être pire.

Je me demandai ce que l'on ressent quand on se noie. Était-ce douloureux ? Cette pensée en appelant une autre, je songeai à Thomas Pearson, aux circonstances horribles de sa mort. Mon ex-petit ami avait été assassiné par une fille qui prétendait l'aimer. Une psychopathe armée d'une batte de baseball. J'aurais tellement voulu qu'il soit là, avec moi, en ce moment. Je lui aurais dit combien j'étais désolée. J'espérais qu'Ariana avait fait vite. Qu'il n'avait pas eu le temps d'avoir peur. Contrairement à moi. J'allais avoir tout le temps de flipper avant de partir pour de bon...

La situation m'apparut soudain dans toute son horreur. La panique me serra le cœur et je coulai. Ma bouche et mes narines s'emplirent d'eau salée ; une douleur atroce déchira mes poumons. Je me débattis et remontai à la surface en suffoquant. Toujours rien. Rien que l'océan et le ciel. À moins d'un miracle, je ne voyais vraiment pas comment je pourrais m'en tirer.

Pourtant, allez savoir pourquoi, je continuai à battre des bras et à agiter les jambes. Des minutes passèrent. Des heures, peut-être... Au bout d'un moment, je ne sais combien de temps, mes membres commencèrent à me paraître affreusement lourds. Mon cerveau était comme engourdi, lui aussi. Je me remis en planche. Lorsque je me retrouvai sur le dos, mes paupières se fermèrent malgré moi et j'eus un flash. Une vision du visage de Sabine DuLac, déformé par la colère. Je sentis ses mains me saisir les épaules et me tirer vers le fond. Je luttai contre son emprise, mais plus je me débattais, plus je m'enfonçais. Sabine avait une force surhumaine. J'ouvris les yeux sous l'eau et je sentis la morsure du sel. Je ne voyais plus rien. Si... une ombre. Une forme sombre et mouvante, toute proche.

Épouvantée, je fis un effort colossal pour remonter à la surface et aspirai une bouffée d'air. Quelle était cette créature que j'avais aperçue sous l'eau ? Était-ce un requin, ou un poisson inoffensif ? Une tortue ? Un dauphin ? Une baleine ? Quelle taille faisait-elle ? À quelle distance se trouvait-elle ?

Soudain, quelque chose m'effleura la cheville. Je hurlai, secouai le pied et me mis à sangloter. «Au secours ! S'il vous plaît, faites qu'il n'y ait rien. Faites que ce soit juste ma paranoïa… »

Vaine prière. Je sentis de nouveau un contact visqueux contre mes orteils et hurlai de plus belle. Je parcourus quelques mètres en crawl, avant que mes muscles épuisés refusent de m'obéir. Comme si cela pouvait suffire à dissuader un monstre marin de m'attaquer. Si cette créature avait décidé de casser une petite croûte à minuit, je ne pouvais pas faire grand-chose pour l'en empêcher.

Je redoublai de sanglots. J'avais peur de sentir soudain des mâchoires se refermer sur ma cheville. De voir un aileron menaçant me tourner autour. En voulant reprendre mon souffle entre deux hoquets, je m'étranglai littéralement. Ma bouche s'emplit d'eau. Je la recrachai en toussant.

Je devais absolument me ressaisir, ou j'allais me noyer.

En plus, je me faisais peut-être un film. Si ça se trouve, ce n'était rien : des algues, ou bien ma robe… Oui, c'est ça : ma robe ! Je tâchai de m'en convaincre, et ma respiration retrouva peu à peu un rythme normal.

Je pensai à Josh Hollis, là-bas, aux États-Unis. Que faisait-il en ce moment ? Il était sûrement sorti dîner ; ou alors, il était lové sur un sofa avec sa petite amie, Ivy Slade. Comment réagirait-il quand il apprendrait ma mort. Pleurerait-il ? Hurlerait-il ? Sombrerait-il dans le désespoir ? Il avait déjà vu mourir son meilleur ami, Thomas. Ce nouveau deuil lui ferait-il perdre la tête ? Non, probablement pas. Josh était tombé amoureux d'Ivy ; il m'avait déjà oubliée. La nouvelle de ma mort ne serait pour eux qu'une tragédie de plus. Plus tard, ils raconteraient à leurs enfants comment l'ancienne petite amie de papa s'était tragiquement noyée au large de Saint-Barth.

Je réprimai un sourire à la pensée de Josh et Ivy en vieux couple. OK, oublions Josh. Que ferait Upton ? Est-ce que je lui manquerais ? Passerait-il à la conquête suivante, sans états d'âme ? Apprendrait-il un jour que j'étais la victime d'une de ses ex ? S'en soucierait-il seulement ?

Ce mec m'avait dit qu'il m'aimait. Mais s'il était vraiment amoureux de moi, comment avait-il pu m'abandonner, seule, dans la cabine du yacht des Ryan ? Nous nous y étions réfugiés pour passer un petit moment en tête à tête, mais Mme Ryan et Poppy – encore une ex d'Upton ! – nous y avaient surpris, à demi dévêtus. Au lieu de rester avec moi pour tenter de me faire oublier cette cuisante humiliation, Upton avait couru derrière Poppy pour la consoler. Était-il encore avec elle, en ce moment ? S'était-il aperçu de ma disparition ? Pourquoi ne volait-il pas à mon secours ?

Mon menton s'enfonça dans l'eau. Je fis une tentative désespérée pour remonter à la surface. Mes bras remuaient de plus en plus lentement. J'avais refermé les yeux. Le sommeil me gagnait. Je voulais absolument rester éveillée, mais j'avais les paupières de plus en plus lourdes. Puis mon nez se retrouva sous l'eau. Prise de panique, je pédalai de toutes mes forces, mais parvins tout juste à remonter le menton à la surface.

Et voilà. C'était la fin. J'avais fait mon possible, mais j'allais mourir noyée. J'eus une pensée pour ma mère. Elle ne s'en remettrait jamais. Papa aussi serait effondré. Heureusement, mon frère Scott serait là pour les soutenir. À les imaginer tous les trois, sans moi, je redoublai de pleurs. Mon nez se boucha. « Je suis vraiment désolée, j'ai fait tout ce que j'ai pu... »

– Là ! Je vois quelque chose ! Par ici ! Approche la lampe !

Je clignai des paupières, convaincue que j'avais rêvé. C'était vraiment la fin.

Alors, lentement, je lâchai prise.

– Reed ! Par ici ! J'arrive !

Mon cerveau me disait que j'hallucinais, mais je levai quand même une main, au cas où...

C'était l'effort de trop : je coulai aussitôt comme une pierre. Juste avant que l'eau se referme sur moi, je vis un garçon aux cheveux blonds retirer son tee-shirt et plonger.

Poussée ?

Par les fentes des stores vénitiens en vinyle blanc, je voyais des palmiers se découper sur un ciel d'un bleu hallucinant, où défilaient de gros nuages cotonneux. Les feuilles bruissaient dans le vent. Un oiseau gazouilla tout près. Où étais-je ? Pourquoi la fenêtre était-elle du mauvais côté du lit ? Et quel était ce bip régulier, horripilant ?

La luminosité était trop forte. En tournant la tête, je sentis quelque chose me tirer dans le cou, comme si j'avais un truc collé sur la peau. J'allais tâter ma nuque du bout des doigts, lorsque je découvris Sawyer Hathaway, assis à l'extrémité de mon lit – un lit d'hôpital, réalisai-je avec un coup au cœur.

Mon visiteur portait une chemise de smoking ouverte sur sa poitrine nue et un jean bleu délavé. Ses cheveux blonds étaient ébouriffés, comme s'il les avait séchés au séchoir sans prendre la peine de les peigner.

– Sawyer ? fis-je d'une voix rauque.

Il pivota brusquement.

– Reed ! Tu es réveillée.

Il se leva et s'approcha de moi, si près que je distinguai les taches marron dans ses iris gris.

– Comment te sens-tu ? Ça va ?

Bonne question… Je le dévisageai un instant sans répondre.

– Tu m'as sauvé la vie, lâchai-je enfin.

Sawyer rougit. Il empoigna la barrière métallique du lit et la serra si fort que ses articulations blanchirent.

– Comment te sens-tu ? répéta-t-il.

– C'est quoi, ce truc, sur mon cou ? demandai-je en levant une main.

Je grimaçai de douleur et laissai retomber le bras. J'avais l'impression d'avoir des sacs de farine à la place des muscles. Comme si j'avais passé une journée entière à soulever des poids dans le gymnase d'Easton. Je tentai de remuer les jambes, sans plus de succès.

– Je ne peux pas bouger, gémis-je.

– Tu as nagé pendant trois heures, m'apprit Sawyer.

– Trois heures !

Je pris le temps de digérer l'information avant de lui poser la question qui me préoccupait :

– Comment as-tu fait pour me retrouver ?

Sawyer alla prendre une chaise au pied du lit, la posa près de moi et s'assit.

– Upton t'a cherchée partout à la fête. À force, il s'est inquiété. Il a envoyé tout le monde fouiller le bateau.

Il parlait d'une voix étranglée, comme s'il luttait pour contrôler son émotion.

– Comme personne ne te trouvait, Noëlle a pété les plombs. Son père a appelé la police et exigé qu'ils envoient des bateaux à ta recherche. De notre côté, on a pris toutes les embarcations qu'on a trouvées, et on t'a cherchée aussi.

Sawyer se redressa légèrement pour se frotter les genoux.

– J'étais dans un bateau avec Noëlle, mon père et mon frère. Je ne suis pas le seul à t'avoir sauvée.

– Arrête ! J'étais à deux doigts de me laisser couler. Sans toi…

Je me rappelai soudain la peur, la tristesse, la résignation que j'avais éprouvées à ce moment-là, et ma voix se brisa. J'attendis que mon émoi se soit dissipé pour conclure :

– Merci, Sawyer.

Son visage s'éclaira. C'était la seconde fois seulement que je le voyais sourire depuis mon arrivée sur l'île. Trop craquant.

– De rien, murmura-t-il.

– Quelle heure est-il ? voulus-je savoir. Ou plutôt, quel jour est-on ?

Sawyer grimaça.

– Le vingt-sept décembre. Et il est trois heures passées. Tu as dormi toute la journée.

Je soupirai. J'étais tellement épuisée que j'aurais volontiers dormi dix jours de plus.

Une infirmière corpulente, vêtue d'un uniforme rose amidonné, ouvrit la porte à la volée. Elle écarquilla les yeux en nous voyant, puis sortit la tête dans le couloir et annonça :

– Elle est réveillée !

Elle s'effaça pour laisser entrer deux policiers : l'un noir et l'autre blanc. Le premier était un vrai colosse. Son acolyte était aussi grand, mais moins costaud. Tous deux portaient des polos bleu clair et des bermudas dévoilant leurs genoux et leurs mollets poilus. Cet uniforme ridicule sapait un peu leur autorité. Cela dit, leurs mines sévères n'auguraient rien de bon, et je pressentis que j'allais passer un sale quart d'heure. Je coulai un regard vers Sawyer. Il s'était redressé sur sa chaise et ne les quittait pas des yeux.

L'infirmière s'approcha de mon lit.

– Bonjour, mademoiselle Brennan ! me lança-t-elle avec un fort accent des Caraïbes. Nous sommes très heureux de vous voir réveillée !

– Merci.

Je surveillai les flics du coin de l'œil pendant qu'elle prenait ma tension. À cette occasion, je m'aperçus que je portais juste une chemise de nuit d'hôpital et une culotte. Pas de soutien-gorge. Puis je me rappelai avec effroi que, lorsque Sawyer m'avait trouvée, je barbotais dans l'océan en petite tenue : un string et un minuscule soutien-gorge bandeau en dentelle noire. Mes joues s'embrasèrent à l'idée que Graham et M. Hathaway m'avaient vue ainsi.

Le policier blanc sortit un bloc-notes de sa poche et se chargea des présentations :

– Mademoiselle Brennan, je suis l'agent Marshall. Et voici mon collègue, l'agent Gravois. Comment vous sentez-vous ?

– Ça va. Fatiguée.

Il sourit, mais son partenaire conserva son air sinistre.

– C'est compréhensible. Quand vous vous sentirez prête, nous aimerions vous poser quelques questions sur votre accident, reprit Marshall.

Mon « accident » ? Lorsque la surprise se fut dissipée, une vague de colère me sumbergea. L'infirmière me retira le tensiomètre. Aussitôt libérée, je me dressai sur les coudes, malgré la douleur presque insoutenable qui irradiait dans mes muscles. De nouveau, le pansement sur mon cou me gêna. Je posai une main dessus, essayant de calmer la brûlure.

– Je peux vous parler tout de suite, affirmai-je. Et ce n'était pas un accident. On m'a poussée.

– Quoi ? s'étrangla Sawyer.

– Poussée ? répéta l'infirmière.

– Pardon ? fit l'agent Gravois, dubitatif.

Il prenait la parole pour la première fois. Son accent français des Caraïbes accentuait encore son air condescendant – en admettant que ce soit possible.

– Quelqu'un sur le bateau a essayé de me tuer, déclarai-je d'une voix ferme. On m'a arraché mon collier, puis on m'a poussée à l'eau.

Je grimaçai au souvenir du bijou hors de prix que Noëlle m'avait prêté. Il était irrémédiablement perdu. En tout cas, ça expliquait le bandage et la sensation de brûlure sur mon cou.

– On vous a poussée, répéta l'inspecteur Marshall d'une voix neutre.

Son air dubitatif me hérissa et je me redressai davantage. L'infirmière sortit des oreillers d'un placard au pied du lit et les glissa dans mon dos.

– Je me rappelle avoir senti une odeur musquée... de l'eau de Cologne ou du parfum, enchaînai-je. Ensuite, quelqu'un m'a arraché mon collier et m'a poussée. C'est pour ça que j'ai cette coupure...

Je tournai la tête pour leur montrer le pansement.

– J'ai eu affaire à un voleur, et un assassin.

—Dans ce cas, on parlerait plutôt de *tentative* d'homicide, corrigea Gravois, ironique.

Son partenaire dissimula un sourire derrière sa main. Il tenait un crayon, mais n'avait encore rien noté sur son bloc.

—Vous ne me croyez pas ? demandai-je.

—Vous êtes encore sous le choc, commenta Gravois. Ou alors, vous êtes embarrassée parce que toute la police de Saint-Barthélemy vous a cherchée pendant des heures. Vous préférez passer pour une victime, que pour une... godiche.

OK : là, j'étais carrément furax !

—Je ne suis pas une godiche ! Quelqu'un a essayé de me tuer ! Comment pouvez-vous douter de ma parole ?

—Vous aviez bu, non ? insista Gravois.

Je me sentis soudain encore plus seule que la veille, au milieu de l'océan. Désespérée. J'avais cruellement besoin d'aide. Quelqu'un voulait ma peau, et les types censés m'aider étaient trop fainéants pour lever le petit doigt. Ils préféraient se moquer de moi plutôt que de faire leur boulot. Mon cœur accéléra comme si je venais d'avaler dix expressos.

—Non, ripostai-je sèchement. Je n'ai bu qu'une coupe de champagne. Si j'avais été assez soûle pour avoir des visions, vous croyez vraiment que j'aurais pu nager aussi longtemps ?

– Longtemps, n'exagérons rien, dit Marshall en consultant son bloc-notes. Seulement trois heures et demie.

– C'est énorme ! m'exclamai-je, à l'unisson avec Sawyer.

Je le regardai, heureuse qu'il ait pris ma défense. Les flics échangèrent un nouveau regard amusé.

– Vous ne comprenez pas, repris-je, excédée. Ce n'est pas la première fois que ça arrive. L'autre jour, quelqu'un a effrayé mon cheval, qui a failli sauter de la falaise. Le lendemain, mon jet-ski s'est détraqué avant d'exploser... Et maintenant, ça. Quelqu'un sur cette île veut ma mort.

Pendant que je parlais, mon pouls s'accéléra encore. Je venais de réaliser avec horreur que celui ou celle qui avait attenté à ma vie ne s'en tiendrait sûrement pas là. Cette personne avait déjà essayé trois fois de me tuer. Il est clair qu'elle était déterminée à finir le boulot. J'avalai ma salive, m'efforçant de dominer ma peur.

L'infirmière m'effleura le bras du bout des doigts.

– Mademoiselle Brennan, il faut vous calmer. Vous avez besoin de repos.

– Je me reposerai si vous dites à ces types de m'écouter, répliquai-je.

– Que se passe-t-il, ici ?

La voix impérieuse de M. Lange résonna dans la pièce. Il entra en trombe, suivi par Noëlle et Upton. Le soulagement m'envahit. Le père de Noëlle jouissait d'une autorité naturelle ; il inspirait crainte et respect. Comme prévu, ces imbéciles de policiers firent immédiatement profil bas.

– Nous interrogions mademoiselle Brennan, monsieur, dit l'un d'eux.

Je l'ignorai, trop occupée à fixer Upton. J'avais une envie irrésistible de me blottir dans ses bras, pour y rester une bonne dizaine d'années. Mais la pièce était tellement encombrée qu'il ne pouvait même pas me toucher la main. Il resta planté au pied du lit avec Noëlle, tandis que l'infirmière changeait le sac de ma perfusion.

– J'ai l'impression que vous étiez surtout en train de la harceler, répliqua M. Lange en croisant les bras.

Son beau visage était rouge de colère. Il avait les sourcils froncés et les petites rides autour de sa bouche étaient plus prononcées que d'ordinaire. Il nous interrogea, Sawyer et moi :

– Que se passe-t-il ?

– Reed leur a dit qu'elle avait été poussée du bateau, mais ils ne la croient pas, rapporta Sawyer d'un ton neutre.

– On t'a poussée ? répéta Noëlle.

Elle se fraya un chemin jusqu'à moi, écartant l'infirmière sans ménagement. Ses longs cheveux châtains pendaient dans son dos, plats et ternes. Elle portait un banal tee-shirt blanc, un short noir, et zéro maquillage. Je ne l'avais jamais vue dans une tenue aussi peu glamour.

– Qui ça ? voulut-elle savoir.

– Aucune idée, répondis-je d'une toute petite voix. Mais j'ai vu une… Quelqu'un avec une veste à capuche, dis-je, retrouvant soudain la mémoire.

– Pouvez-vous nous décrire cette personne ? me demanda Marshall, le crayon en l'air.

Il jeta un coup d'œil à M. Lange, comme pour s'assurer que celui-ci le voyait travailler. Je le fusillai du regard.

– Non. Je n'ai pas vu son visage. J'étais déjà sous l'eau.

L'infirmière se retira en silence.

– Admettez que c'est un peu tiré par les cheveux, grommela Marshall, prenant M. Lange à témoin.

Ce dernier s'approcha des policiers.

– Si cette jeune fille affirme qu'elle a été poussée, c'est qu'elle a été poussée. Je vous conseille de prendre ses accusations au sérieux.

Les deux hommes acquiescèrent, mais ils étaient toujours sceptiques.

– Oui, monsieur, bien entendu, concéda Marshall. Il y aura enquête.

– J'y compte bien, fit M. Lange. Je contacterai votre supérieur pour m'assurer que votre service mesure la gravité de la situation.

Gravois crispa la mâchoire. Je jubilai intérieurement. Il n'appréciait pas la mise en garde, et c'était bien fait pour lui. Il m'adressa un sourire contraint.

—Reposez-vous bien, mademoiselle Brennan. Nous sommes heureux que vous soyez saine et sauve.

« Ouais, c'est ça ! Dis plutôt que tu es furieux que je t'aie donné du boulot. »

Après que les policiers eurent quitté la chambre, nous les entendîmes pendant quelque temps râler en français dans le couloir. M. Lange sortit son portable et composa un numéro, les lèvres pincées.

—Je vais m'entretenir avec les docteurs, me confia-t-il en éloignant le téléphone de son oreille. Je veux qu'on t'examine sur-le-champ.

Il fit quelques pas avant d'aboyer dans le récepteur :

—Passez-moi le commissariat de police de Saint-Barth. Immédiatement !

—Merci, criai-je derrière lui, d'une voix étranglée.

L'instant d'après, je me retrouvais seule avec Noëlle, Upton et Sawyer.

—Sacré papa, toujours multitâche ! plaisanta Noëlle.

—Il n'est pas obligé de se donner tout ce mal, dis-je, touchée qu'il ait pris ma défense aussi vigoureusement.

Noëlle haussa les épaules.

—Bien sûr que si. Il adore commander.

«Tel père, telle fille», songeai-je avec un sourire.

M. Lange s'interrompit un instant pour s'adresser à des gens dans le couloir. Je reconnus la voix de Taylor Bell et regardai Noëlle, intriguée.

– Tout le monde est venu prendre de tes nouvelles, m'expliqua-t-elle. Dash, Kiran, Taylor, Tiff, Amberly, Gage, West…

Tous mes amis d'Easton. Même Gage Coolidge, qui me traitait de péquenaude à la moindre occasion. Et Amberly, que j'aurais plus volontiers qualifiée d'ennemie. Seuls Poppy, Paige, Daniel et Sienna manquaient à l'appel. Pourquoi n'étais-je pas surprise ?

– Et vous, au fait, vous me croyez ? lançai-je à la cantonade.

– Évidemment ! affirma Sawyer.

J'allais lui exprimer ma reconnaissance, lorsque Upton se planta devant sa chaise.

– Tu permets ?

Sawyer le dévisagea, hésita, puis se leva sans piper mot. Upton se pencha pour me déposer un baiser sur les lèvres et me tâta le front, avant de se laisser tomber sur le siège que Sawyer venait de libérer.

– Il faut que tu te calmes et que tu te reposes, dit-il en prenant ma main entre les siennes.

Sa voix veloutée, incroyablement sexy avec son accent anglais, fit courir un délicieux frisson le long de ma colonne vertébrale. C'était la première sensation agréable que j'éprouvais depuis que je m'étais réveillée.

– On s'occupera de tout ça plus tard. Pour l'instant, essaie de te refaire une santé.

– D'accord, acceptai-je.

Puis, m'adressant à Noëlle :

– Je suis tellement heureuse que vous soyez là.

– On ne décolle pas d'ici, m'assura-t-elle en allant se chercher une chaise sous la fenêtre. Tu peux dormir sur tes deux oreilles.

Je hochai la tête et me renversai sur mes oreillers, sans lâcher la main d'Upton. Un sentiment de paix m'envahit et je sentis mes paupières s'alourdir. Tout allait s'arranger. Upton et Noëlle veillaient sur moi. Sawyer aussi. Sawyer m'avait sauvé la vie. Sans lui, je ne serais pas là aujourd'hui. En plus, il me croyait. Il était le seul à l'avoir dit, avec M. Lange.

Je me forçai à ouvrir les yeux pour le remercier une nouvelle fois, mais il avait disparu.

Mettre les voiles

Mes valises étaient empilées près de la porte d'entrée des Lange, à côté de la cantine métallique contenant les sweat-shirts qu'Upton m'avait offerts. Dans le grand salon voisin, M. Lange, pendu au téléphone, distribuait des ordres à la police en décrivant des cercles autour de la table basse. Quant à moi, debout à côté de mes bagages, je triturais le minuscule coquillage que je portais autour du cou, passé sur un lacet de cuir. Le cadeau de Noël de Sawyer, que j'avais enfilé pour la première fois ce matin. Je fixais la cantine qui renfermait celui d'Upton.

Je repensai avec nostalgie à la veille de Noël. J'étais tellement heureuse, ce soir-là. Tellement en phase avec Upton. J'aurais voulu rester indéfiniment assise par terre avec lui, dans le bureau de son père. Rien que lui et moi, dans un lieu où nul ne pouvait nous atteindre...

Aujourd'hui, j'étais déterminée à quitter Saint-Barth le plus tôt possible. Comment aurais-je pu rester, après ce qui s'était passé ? Pourtant, j'avais le regret de ce que ces vacances auraient pu être, et ce sentiment me serrait le cœur, tel un poing d'acier.

– Alors, c'est décidé ? demanda Noëlle en surgissant derrière moi.

Je sursautai violemment et laissai échapper un petit cri de frayeur. Avoir frôlé la mort trois fois en une semaine m'avait mis les nerfs à vif.

– Désolée. J'avais oublié : pas d'attaque dans le dos, s'excusa-t-elle en m'effleurant l'épaule.

Ses cheveux étaient coiffés en un chignon lâche et elle portait une robe tee-shirt noire, au décolleté si large que le côté droit avait glissé sur son épaule, découvrant sa peau bronzée. Mon amie était l'insouciance en personne. Le genre de fille qui passe ses journées à buller sur la plage en sirotant des piñacoladas, en attendant qu'un mec sexy vienne lui tartiner le dos de crème solaire. Jamais je ne l'avais enviée à ce point.

Il faut dire que l'insouciance n'était pas mon fort.

– Ouais. C'est décidé, confirmai-je.

– Tu es sûre ? insista-t-elle. Si tu restes, je te jure de ne pas te quitter des yeux une seule seconde jusqu'à la fin du séjour.

– C'est sympa, mais non, merci. Mes parents m'attendent à la maison, et ma mère est carrément flippée. Après ce qui m'est arrivé, elle a besoin de vérifier que je suis encore en un seul morceau. Elle piquerait une crise si je changeais d'avis.

Noëlle eut un petit sourire narquois.

– Ah, les parents…

– Ouais. En plus, celui ou celle qui veut ma peau est sur cette île. Du coup, je crois que la meilleure chose à faire, c'est de mettre les voiles, ajoutai-je.

– Mettre les voiles ?

Je sursautai une nouvelle fois. Upton avait surgi derrière nous sans un bruit et m'avait fichu une peur bleue. Il était pieds nus, vêtu d'un polo bleu marine et d'un pantalon en lin blanc. Avec ses cheveux châtain clair ébouriffés, il était beau à tomber. Ce n'était pas un scoop, bien sûr. Pourtant, mon cœur ne s'affola pas comme lorsque je le voyais habituellement entrer dans une pièce. Depuis que j'étais sortie de l'hôpital, la veille, j'avais essayé d'occulter le souvenir des heures passées dans l'eau, à paniquer. Au lieu de ça, je m'étais concentrée sur ce qui s'était produit juste avant. Je m'étais rappelé qu'Upton m'avait laissé vivre seule l'un des moments les plus humiliants de ma vie. Qu'il m'avait abandonnée pour aller réconforter Poppy Simon, la fille avec qui il sortait avant de me rencontrer. C'était pour elle qu'il s'était inquiété, après que Poppy et Mme Ryan nous avaient surpris dans la luxueuse cabine du yacht. C'était ses sentiments à elle qui lui avaient importé. Pas les miens. Quand Upton était venu à l'hôpital, cette pensée ne m'avait pas effleurée. J'étais tellement heureuse de le revoir, d'être vivante, que j'en avais momentanément oublié la blessure qu'il m'avait infligée.

À présent, je m'en souvenais. Et je n'étais pas disposée à lui pardonner.

Noëlle le regarda en plissant les yeux.

– D'où tu sors, toi ?

Quand j'avais raconté l'épisode de la cabine à mon amie, elle s'était retenue de foncer chez Upton pour lui dire ses quatre vérités. Visiblement, elle était encore remontée contre lui.

Upton indiqua la baie vitrée du salon, dont les portes coulissantes donnaient sur l'océan. Il avait laissé ses tongs dehors.

– J'arrive de la plage. Je voulais vous passer un coup de fil, mais avec ce temps magnifique, j'ai préféré faire une petite balade. Alors, qui met les voiles ?

– Moi, lâchai-je d'une voix monocorde.

Je ramassai le sweat à capuche que j'avais balancé sur ma valise et l'enfilai, avant d'ajouter :

– Je ne passerai pas une journée de plus sur cette île maudite.

Upton haussa les sourcils, surpris.

– Quoi ? Pourquoi ?

Je n'en croyais pas mes oreilles. Était-il réellement incapable d'imaginer pourquoi je voulais partir ?

– Tu ne vois pas ? rétorquai-je. Au cas où tu souffrirais d'une soudaine amnésie, sache qu'une de tes ex essaye de me faire la peau. Je n'ai pas l'intention de moisir ici, pour lui donner la possibilité de finir le boulot.

Noëlle et Upton échangèrent un regard qui acheva de me mettre hors de moi. J'avais envie de cogner leurs crânes l'un contre l'autre.

Dans le salon, M. Lange baissa la voix et s'approcha de la baie vitrée. Il continua à parler en fixant l'océan.

– Vous vous moquez de moi ? demandai-je, les joues cuisantes.

– Mais non, Reed, se défendit Noëlle. C'est juste que... On connaît bien ces filles. On se fréquente depuis qu'on est des embryons. Elles sont incapables de commettre un crime.

– Ouais, peut-être. N'empêche qu'il y a deux ans, tu n'aurais jamais cru qu'Ariana pouvait tuer quelqu'un, répliquai-je en la toisant d'un air de défi.

Noëlle serra les mâchoires, mais elle soutint mon regard. Elle n'était pas du genre à s'incliner, même quand elle avait tort.

– Moi, si ! signala Upton en levant une main. J'ai toujours trouvé cette fille bizarre.

– Tais-toi ! le rabroua Noëlle. OK, Reed. J'avoue : je n'aurais pas cru Ariana capable de tuer quelqu'un, mais elle était spéciale. Poppy et Paige n'auraient jamais le cran de faire une chose pareille.

– Et Sienna ? Tu ne la connais pas depuis que vous êtes « des embryons », fis-je, ironique.

– Non, mais Sienna est inoffensive, intervint Upton.

– Inoffensive ? Elle m'a piqué mes vêtements et m'a laissée seule dans une cabine de douche pendant des heures, à me geler les fesses !

– Exact. J'avais oublié ce détail, dit Upton, embarrassé. D'accord, elle n'est pas inoffensive, mais ce n'est pas quelqu'un de violent. Il faut être fou pour commettre un meurtre. Sienna n'est pas comme ça.

Son ton était apaisant, presque condescendant. Je me tournai vers Noëlle. Ils me traitaient tous les deux comme un petit enfant, victime d'une peur irrationnelle. Comme si je venais de me réveiller d'un cauchemar, et qu'ils essayaient de me convaincre que les monstres n'existaient pas. Sauf que mes craintes étaient fondées. Quelqu'un m'avait poussée de ce bateau. J'avais senti ses mains, son parfum, je l'avais vu filer. Pourquoi personne ne voulait-il me croire ?

– Je ne sais pas comment vous pouvez vous persuader que tout va bien, lâchai-je d'une voix étranglée.

Une bulle de désespoir enflait dans ma poitrine, me comprimant les poumons.

– Quelqu'un essaye de me tuer. Cette personne a effrayé mon cheval et trafiqué mon jet-ski, avant de me pousser du pont d'un bateau. J'ai failli mourir trois fois en une semaine. Vous ne comprenez pas ? Je ne peux pas rester ici !

Mes yeux s'emplirent de larmes, ce qui ne fit que décupler ma colère. Je détestais cette image de bébé terrorisé, pleurnichard, qu'ils avaient de moi. J'inspirai profondément et tentai de retrouver mon calme. Ma vision était floue, mais je parvins à contenir mes larmes. Upton me reprit doucement les mains.

– Reed, Misty et le jet-ski... C'étaient de simples accidents, murmura-t-il.

Je m'insurgeai aussitôt :

– Non, c'était...

– Mais si tu dis que quelqu'un t'a poussée du bateau, alors, quelqu'un t'a poussée du bateau, ajouta-t-il, me coupant la parole. Et si tu restes ici, tu seras disponible pour la police. Tu te souviendras peut-être de quelque chose qui les aidera à mener l'enquête.

J'éclatai d'un rire amer.

– Arrête ! Ils n'ont aucune intention d'enquêter. Ils me prennent pour une enfant gâtée, une alcoolique et une menteuse.

– Oh que si, ils vont enquêter ! me détrompa Noëlle, en regardant son père par-dessus son épaule. Tu as vu comment papa était énervé ? Crois-moi, il ne va pas les lâcher.

M. Lange referma brusquement le clapet de son téléphone et s'approcha de nous, l'air contrarié. Comme toujours, ses vêtements étaient impeccablement repassés, mais il semblait fatigué. Il pinça l'arête de son nez entre son pouce et son index avant de s'adresser à moi :

– Reed, je suis navré. J'ai bien peur que nous n'ayons pas accès au jet privé avant demain.

– Ah bon ? Pourquoi ? se renseigna Noëlle.

– Ta mère l'a envoyé aux États-Unis chercher une variété de fleurs qu'elle veut absolument disposer sur les tables du gala, répliqua-t-il, un rien sarcastique.

Noëlle soupira.

– Oh non ! Elle abuse.

La semaine suivante, comme chaque année, Mme Lange organisait une soirée caritative sur l'île, au bénéfice de l'hôpital. Depuis notre arrivée, elle était entièrement accaparée par son organisation, si bien que nous ne nous étions pour ainsi dire pas croisées, alors que je vivais chez elle.

– Un vol commercial part pour Philadelphie ce soir, ajouta M. Lange en consultant l'écran de son téléphone. Tu devras changer à Atlanta, et je te réserverai un taxi pour te conduire de l'aéroport jusqu'à Croton. Je suis vraiment désolé...

Upton me pressa la main.

– Tu vois ? C'est la preuve que tu dois rester.

Je souris intérieurement à l'idée qu'un vol commercial n'était même pas une option pour lui. Moi qui étais montée pour la première fois dans un avion l'an dernier, j'étais encore loin de considérer le jet privé comme le seul moyen de locomotion acceptable.

– Non. Pas de problème : je prendrai le vol commercial, dis-je en libérant ma main.

Upton parut enfin sentir ma froideur. Il plissa le front et enfonça les mains dans ses poches, l'air penaud.

– Tu es sûre ? me demanda M. Lange. Je peux te faire préparer le jet demain matin, à la première heure.

– Oui, je suis sûre. Je préfère partir aujourd'hui.

– Dans ce cas, j'appelle mon agent de voyages.

M. Lange rouvrit son téléphone, mais Noëlle l'arrêta d'un geste.

– Attends, papa.

Il obéit. Elle se tourna vers moi.

– Reed, s'il te plaît, repose-toi encore une journée. On restera ici, sur notre plage, ou même dans la maison. Je te promets que tu ne verras pas Poppy, Paige et Sienna.

Je la regardai dans les yeux et compris qu'elle se sentait coupable. Comme si tout ce qui m'était arrivé était de sa faute, parce qu'elle m'avait invitée ici. C'était absurde. Elle avait juste voulu me faire plaisir. Elle ne pouvait pas savoir qu'une de ses amies était une psychopathe.

– En plus, tu as entendu M. Lange, ajouta Upton. Tu pourras prendre le jet privé demain matin. Ce sera plus confortable et tu mettras deux fois moins de temps.

Apparemment, ma froideur ne l'avait pas découragé. Tant mieux. Au fond de moi, je me réjouissais qu'il tienne encore à moi. Mais si je restais jusqu'à demain, il faudrait que j'aie une conversation sérieuse avec lui. Pour essayer de comprendre ce qui s'était passé, ce que cela signifiait, où nous en étions... Cette seule pensée m'épuisait.

– S'il te plaît..., insista Noëlle.

Ces mots me firent l'effet d'un électrochoc. Noëlle ne disait jamais « s'il te plaît ». Elle n'était pas du genre à implorer. Je me tournai vers Upton, qui me fixait d'un air interrogateur, presque vulnérable, et je sentis mes résolutions fondre comme neige au soleil.

– Bon, d'accord, m'inclinai-je. Mais demain matin, à la première heure, je suis dans cet avion.

Confidences

Les orteils enfoncés dans le sable chaud, j'inspirai une grande bouffée d'air des tropiques et m'appliquai à expirer lentement, en fixant les rayures bleues et blanches du parasol. Une légère brise agitait ses franges et soulevait les pages du magazine de Noëlle. Pour la première fois depuis le début de la journée, je me sentais à peu près détendue.

– Tu avais raison, finalement, lançai-je à mon amie. J'ai bien fait de rester un jour de plus...

Lorsque j'avais appelé mes parents pour réclamer un petit sursis, ils s'étaient montrés plus que réticents. Ma mère avait fini par céder, à condition que je lui envoie une photo par MMS pour lui prouver que j'allais bien. Comme prévu, elle avait mis une heure à trouver le cliché et à l'ouvrir...

Noëlle leva son smoothie fraise-kiwi et en aspira une gorgée à la paille.

—Je ne sais pas comment tu peux encore douter de moi, me taquina-t-elle.

Elle tourna sa page de *Vogue* d'un geste languide et reprit sa lecture. Plus bas sur la plage, j'aperçus Paige, Poppy, Sienna et Daniel, qui marchaient deux par deux. Ma gorge se serra. D'instinct, j'attirai mes genoux à mon menton et retins mon souffle. Une de ces filles, probablement Poppy Simon, avait essayé de me tuer. J'en étais certaine. Mais ces gens-là étaient amis avec Noëlle. Ils allaient sans doute venir la saluer, et me témoigner au passage une fausse sympathie.

Alors qu'ils approchaient, je coulai un regard vers Noëlle. Elle n'avait pas quitté son magazine des yeux. Le petit groupe nous dépassa sans qu'elle leur ait témoigné la moindre attention. Mes tempes se mirent à bourdonner. Comment devais-je interpréter cette indifférence mutuelle ? N'importe quelle personne normale aurait voulu glaner les derniers ragots sur la fille qui avait failli mourir noyée à la soirée Casino des Ryan. Mais bon, il est clair que je n'avais pas affaire à des gens normaux. Peut-être se moquaient-ils d'entendre les ragots parce que Poppy leur avait raconté qu'elle m'avait poussée. Ils connaissaient déjà tous les détails. N'empêche, c'était curieux qu'ils ne se soient pas au moins arrêtés pour dire bonjour à leur amie d'enfance…

Malgré cela, je les regardai s'éloigner avec soulagement. Lorsqu'ils eurent disparu de mon champ visuel, je dépliai les jambes et me remis à scruter la plage. Un mec en short vert et tee-shirt blanc marchait au bord de l'eau. Je crus d'abord que c'était Upton. Sentant que je n'étais pas dans les meilleures dispositions à son égard, il avait prétexté une excuse bidon pour rentrer chez lui, et nous avions prévu de nous retrouver pour le déjeuner.

Un examen plus attentif m'apprit que je me trompais. Il s'agissait en fait de Sawyer. Je l'invitai à nous rejoindre à grands gestes. Noëlle surprit mon manège. Elle suivit un instant mon regard, puis retourna à sa lecture en reconnaissant le promeneur solitaire. Je me levai pour l'accueillir ; il avait un coquillage à la main, qu'il tripotait pour masquer sa timidité.

– Salut, Reed, dit-il. Salut, Noëlle.

– Qu'est-ce que tu fais aussi loin de chez toi ? s'enquit-elle.

– Je passais prendre des nouvelles de Reed…

Puis, à mon intention :

– Comment vas-tu ? Tu te sens mieux ?

– Ouais. J'ai encore un peu de courbatures, mais ça va.

Il regarda mon buste et battit des paupières.

– Tiens… Tu as mis le collier.

Noëlle leva les yeux et me vit toucher le coquillage autour de mon cou.

– Oui. Il me plaît beaucoup.

– Cool !

Sawyer rougit. Je sentis le regard de Noëlle me chauffer la nuque.

–Est-ce que tu... tu voudrais aller marcher un peu ? me demanda-t-il, les cheveux dans les yeux.

–Avec plaisir !

Je récupérai mes lunettes de soleil sur le drap de bain et les enfilai. Je ne voulais pas trop m'éloigner de la maison des Lange, mais une petite promenade avec Sawyer n'allait pas me tuer.

–On revient tout de suite.

–Je ne bouge pas ! assura Noëlle.

Nous descendîmes la plage jusqu'à la lisière des vagues. L'eau tiède nous léchait les pieds. Sawyer jouait toujours avec son coquillage.

–Je voudrais encore te remercier..., commençai-je en me mordant la lèvre.

Il rougit et secoua la tête.

–Ce n'est vraiment pas...

–Pas seulement pour le sauvetage en mer, ajoutai-je en riant. Je te remercie d'avoir dit que tu me croyais, quand j'ai affirmé qu'on m'avait poussée du bateau.

Sawyer redressa brusquement la tête.

–Ce n'étaient pas des paroles en l'air. Je te crois vraiment !

–Je sais. C'est pour ça que je te remercie. Tu dois bien être le seul...

– Et Upton ? demanda-t-il d'une voix tendue.

– Il dit que oui, mais...

Je laissai mon regard errer sur l'eau.

– En fait, il a du mal à admettre qu'une de ses amies puisse être capable d'un truc aussi horrible.

– C'est nul, commenta Sawyer.

Il s'arrêta et, d'une brusque détente du poignet, lança son coquillage dans l'eau. Puis il fixa les vagues un long moment, l'air morose.

– Après tout ce que tu as vécu ces deux dernières années, ça doit être dur que les gens doutent de toi...

Ma peau me picota et je fixai mes orteils nus. Je n'avais jamais confié mes déboires à Sawyer.

– J'ai l'impression que les gens parlent pas mal de moi...

Sawyer soupira.

– Tu as été le principal sujet de conversation, ces deux derniers jours.

Il me jeta un bref coup d'œil, puis chercha un nouveau coquillage.

– Désolé.

– C'est bon, ça ne me dérange pas, mentis-je.

Je glissai les mains dans les poches de mon short et dessinai un grand arc de cercle dans le sable avec mon orteil. Il disparut aussitôt, léché par l'eau salée.

– Effectivement, il m'est arrivé des trucs assez durs. Parfois, j'ai l'impression qu'un gros nuage gris me suit partout. Je voudrais bien qu'il s'en aille…

Sawyer hocha la tête. Il lança le coquillage, puis traça une ligne dans le sable, du bout du pied. Elle disparut à son tour.

– Moi aussi j'ai cette sensation-là, quelquefois, admit-il.

Il glissa les mains sous ses aisselles et son regard se perdit à l'horizon.

– Tu as sûrement entendu dire que ma sœur était morte il y a quelques mois…

– Oui. Je suis désolée.

Au début de la semaine, Noëlle m'avait parlé du deuil qui avait frappé les Hathaway.

– Que s'est-il passé ? lâchai-je sans réfléchir.

Je me mordis aussitôt la langue, regrettant ma maladresse.

– Excuse-moi. Tu n'as peut-être pas envie d'en parler… Je comprendrais parfaitement que…

– Non. Pas de problème. C'est moi qui ai abordé le sujet, dit Sawyer. En fait, elle s'est suicidée.

Je portai une main à mon cœur, effarée.

– Quoi ? Pourquoi ?

Sawyer me regarda vraiment pour la première fois.

– C'est bien le problème. Je n'en ai aucune idée, avoua-t-il. Elle n'a même pas laissé de mot…

– Oh mon Dieu, Sawyer. Je suis désolée ! Ça a dû être tellement…

– Ouais, confirma-t-il en fixant le sol. C'est le pire… Le fait de ne pas savoir.

– Je comprends ce que tu ressens, soufflai-je.

Sawyer me regarda. Je devinai qu'il voulait me demander à quoi je pensais. Mais, contrairement à moi, il savait tenir sa langue.

– Mon petit ami, Thomas… Tu en as entendu parler, non ? Il a été assassiné l'an dernier.

Sawyer hocha la tête.

– Ariana, dit-il simplement.

Comme toujours, entendre ce prénom me glaça le sang. Avait-elle fait partie de la bande de Saint-Barth. Sawyer l'avait-il connue ?

– Ouais. Avant qu'on apprenne sa mort, il avait juste disparu. Quelques jours se sont écoulés, comme ça, sans que je sache où il était passé, pourquoi il était parti, s'il était blessé ou mort, ou s'il m'évitait simplement… Ces jours-là ont été les pires de ma vie. Ne pas savoir un truc aussi énorme, c'est insupportable.

– Mais tu l'as supporté, observa Sawyer.

Le chagrin me serra le cœur. Je n'avais encore jamais vu les choses sous cet angle. À l'époque, je pensais que je m'en remettrais jamais. Mais si, finalement. Sawyer avait raison. J'avais surmonté le choc.

– Ouais. Je suppose, répondis-je avec un léger sourire.

– Mon père dit toujours : « Ce qui ne te tue pas te rend plus fort », conclut Sawyer.

Il bomba le torse et inspira à fond, comme si cette phrase suffisait à lui remonter le moral.

– Ça me plaît, déclarai-je. Si c'est vrai, je dois être aussi forte que Hulk, aujourd'hui.

Sawyer rit. Je l'imitai. J'avais réussi à faire rire le garçon taciturne. J'étais carrément fière de moi !

– Écoute, je voulais te dire un truc, reprit Sawyer. Graham a essayé de m'en dissuader, mais je pense qu'il faut que tu le saches...

Mon cœur cessa de battre.

– Quoi ?

– Ce soir-là, sur le bateau, quand Kiran et Taylor se sont aperçues que vous vous étiez éclipsés, Upton et toi... Elles ont commencé à plaisanter sur le sujet. Tu imagines le genre de blagues, hyper lourdes, sur ce que vous étiez partis faire..., dit-il, évitant mon regard.

Je piquai un fard.

– Paige et Daniel étaient avec nous à la table de craps, continua Sawyer. Tout à coup, Paige a pris Daniel par le bras et l'a entraîné à l'écart. Ils ont fait des messes basses pendant un petit moment, avant de disparaître. Ils ne sont revenus que quelques minutes avant Upton et Poppy.

Une boule énorme se forma dans ma gorge. Ainsi, Upton était bien avec Poppy pendant que je me faisais agresser. Il faudrait que j'éclaircisse cette affaire.

« Concentre-toi, Reed, me commandai-je. Tu es hors-sujet. »

– Tu crois que Paige et Daniel auraient pu me pousser à l'eau ? lâchai-je d'une voix blanche.

Sawyer haussa les épaules.

– Je ne sais pas. Je n'ai rien vu de plus. Cinq minutes plus tard, Upton s'est aperçu que tu n'étais pas revenue à la fête, et on a commencé à fouiller le yacht. Y compris Paige et Daniel.

Je hochai la tête. Mon cœur cognait violemment contre mes côtes. Je n'avais jamais apprécié les jumeaux Ryan. Ils ne m'inspiraient pas confiance. Apparemment, j'avais eu raison de me méfier.

– J'aurais peut-être dû garder ça pour moi, fit Sawyer, embarrassé.

– Oui. Enfin, je veux dire non. Ça va. C'est bon à savoir.

Je m'efforçai de digérer cette information. Depuis le début, je soupçonnais Poppy d'être à l'origine de mes mésaventures : l'incident du cheval et celui du jet-ski. Elle était furieuse qu'Upton l'ait quittée et semblait un peu dingue, prête à toutes les extravagances. Le genre de fille capable de quitter l'île pendant plusieurs jours sans prévenir personne, laissant ses amis se faire un sang d'encre. Mais finalement, je m'étais peut-être trompée sur son compte… Était-il possible que ce soit les Ryan les coupables ?

– Tu veux rentrer ? me demanda Sawyer.

J'hésitai. Là-haut sur la plage, Noëlle me guettait derrière ses grosses lunettes noires. Elle veillait sur moi, comme promis. Je brûlais de lui raconter ce que Sawyer venait de me confier, mais quelque chose me retenait. Et si elle me prenait pour une folle ? Et si elle se rangeait du côté de Paige ? Je ne me sentais pas assez solide pour risquer une nouvelle rebuffade.

En fait, j'étais partagée entre l'envie de rejoindre mon amie et celle de rester avec Sawyer. Non seulement, il croyait à mon histoire, mais il voulait m'aider. Il se moquait bien de connaître la clique de Saint-Barth depuis tout petit. Il me disait la vérité.

Une autre chose nous rapprochait : peu de gens avaient subi le genre de deuil qui nous avait frappés, lui et moi. Certainement pas Upton. Ce dernier se croyait très expérimenté, mais il ne lui était jamais rien arrivé de grave. Si je vivais sous un nuage, lui, il se dorait au soleil. Il avait de la chance, bien sûr. Mais ça le rendait aussi un peu naïf.

Ce dont j'avais vraiment besoin, en ce moment, c'était de quelqu'un qui me comprenne.

– Marchons encore un peu, proposai-je.

– Tu es sûre ? demanda Sawyer. Tu dois être fatiguée.

– L'exercice physique me fait du bien, dis-je en tournant le dos à Noëlle. Par contre, je veux bien parler d'autre chose...

– Quelque chose de moins tragique ? suggéra Sawyer avec un sourire mutin.

– Ouais, ça serait parfait !

Confrontation

– Arrête de stresser : il ne t'arrivera rien dans un restaurant noir de monde, grommela Noëlle en arrêtant sa BMW devant chez Shutters, le QG de la bande de Saint-Barth.

Elle tendit ses clés au groom et s'engagea dans l'escalier. En lui emboîtant le pas, je repérai plusieurs visages familiers sous l'auvent bariolé. Dash McCafferty, l'ex-petit ami de Noëlle – et bien placé pour le redevenir –, était encadré par Kiran Hayes et Taylor Bell. Ils me regardèrent avec un mélange d'inquiétude et de compassion. Kiran portait une robe dos nu rouge ; ses épais cheveux bruns étaient nattés dans son dos. Taylor était vraiment mignonne dans une jolie robe en madras, avec ses boucles blondes encore mouillées. Upton était là aussi, en pleine conversation avec Tiffany Goulbourne. Sawyer, debout près d'Amberly Carmichael, semblait indifférent à son bavardage. Il ne me quittait pas des yeux.

Noëlle glissa un bras sous le mien.

– Viens. On va tous s'installer à une grande table au milieu du patio. Rassure-moi : tu ne te méfies pas de ces gens-là ?

Je coulai un regard soupçonneux vers Amberly. Elle rougit en s'apercevant que l'encolure bateau de sa robe bleu pâle laissait apparaître une bretelle de son soutien-gorge, et s'empressa de la dissimuler.

– Non, ça va.

Je résolus tout de même de surveiller Amberly de près. Si j'avais appris une chose depuis un an, c'était que les personnes les plus innocentes en apparence pouvaient se révéler les plus dangereuses. Je savais déjà, par expérience, que cette fille était une authentique peste. Cela dit, je pouvais difficilement l'éviter. Ses parents étaient des amis des Lange et elle résidait à Billings, le dortoir que j'allais réintégrer à mon retour à Easton.

– Salut, Reed ! Comment tu te sens ? s'écria-t-elle.

– Très bien, merci, répondis-je en la dépassant sans m'arrêter.

Cette hypocrite se moquait bien de savoir comment je me portais. Si j'étais contrainte de la fréquenter, ça ne m'obligeait pas à être sympa avec elle.

Taylor, Kiran et Tiffany se précipitèrent sur moi pour m'embrasser et m'assaillir de questions. Tout le monde parlait en même temps. Soudain, je manquai d'air. Noëlle vola à mon secours.

– Allez, allez, poussez-vous ! Ce n'est pas une conférence de presse, gronda-t-elle. D'ailleurs, notre table doit être prête…

Tout le monde obéit. Je lançai un regard reconnaissant à mon amie et la suivis dans la salle du restaurant. Upton nous rattrapa et calqua son pas sur le mien.

– Tu es super belle, dit-il en déposant un baiser sur ma joue. Tu as l'air détendue.

– Merci.

Il glissa sa main dans la mienne et enlaça mes doigts. Je faillis me dégager, mais il semblait si sincère que je n'eus pas le cœur de le repousser. On pourrait toujours discuter des sujets qui fâchent plus tard… Noëlle se laissa distancer pour marcher près de Dash. Je jetai un coup d'œil par-dessus mon épaule et vis qu'il effleurait sa main. Noëlle la retira, mais rougit. Parfait. La réconciliation suivait son cours.

Le maître d'hôtel nous accueillit dans le patio et nous escorta jusqu'à une grande table ronde, au centre, avant de nous distribuer les menus. Les couverts et les verres scintillaient sur la nappe de lin blanc. Une délicieuse odeur de viande grillée me chatouilla les narines, et mon estomac se mit à gronder. Une fois encore, j'étais forcée d'admettre que Noëlle avait eu une bonne idée.

Upton tira une chaise à mon intention. J'allais m'asseoir, quand j'entendis un rire familier : un gloussement idiot. Je pivotai brusquement. Poppy, Paige et Sienna étaient assises à une petite table, dans un coin de la salle. En voyant que je les regardais, elles se mirent à chuchoter derrière leurs mains. Que faisaient-elles ? Complotaient-elles leur prochain attentat ?

Je repoussai ma chaise, contournai Upton, et marchai à grands pas vers leur table. Elles cessèrent de rire. Paige Ryan me considéra avec une moue dégoûtée, comme si j'étais un chat noyé échoué sur la plage. Elle balança ses cheveux auburn dans son dos et souleva son verre.

– Tu es là, toi..., murmura-t-elle avant de boire une gorgée d'eau.

– Laquelle d'entre vous a fait ça ? sifflai-je. Qui m'a poussée dans l'eau ?

Les gens qui dînaient aux tables voisines firent silence. Une fourchette tomba sur le parquet. Sienna ouvrit la bouche et les trois amies échangèrent un regard consterné.

– Pardon ? fit Sienna.

– Vous auriez pu me tuer ! explosai-je, agrippant le dossier de la chaise où elles avaient empilé leurs sacs de plage.

Je sentis Upton arriver derrière moi, mais décidai de l'ignorer.

– Vous vous croyez à ce point intouchables ? Vous imaginez que vous pouvez essayer de tuer quelqu'un sans qu'il y ait de conséquences ? Laquelle de vous m'a fait ça ? Ayez au moins le cran de me regarder dans les yeux et de me le dire !

Sienna me dévisagea comme si elle s'inquiétait pour ma santé mentale. Poppy pouffa avant de se détourner. Paige haussa les sourcils, renversa la tête et but une nouvelle gorgée d'eau. Le patio était tellement silencieux que j'entendais les glaçons fondre dans les verres, à la table voisine. Mes amis étaient toujours debout autour de notre table, hésitant sur la conduite à tenir.

– Eh bien, Upton, je trouve que tu as fait un choix intéressant..., ironisa Paige.

Les deux autres éclatèrent de rire. Poppy posa les coudes sur la table.

– Tu sais ce que je pense ? fit-elle avec son accent anglais. Je ne crois pas qu'on t'ait poussée. La vérité, c'est que tu as sauté. Tu as inventé cette histoire pour te rendre intéressante. Alors fais-moi plaisir : arrête d'accuser les gens à tort et à travers pour un truc imaginaire.

Je serrai les poings. La colère me brouillait la vue. Cette garce me soupçonnait d'avoir voulu me faire remarquer ? La fille qui avait disparu de l'île pendant des jours, sans prendre la peine de répondre aux centaines de coups de fil de ses amis et de ses parents, préférant leur laisser croire qu'elle était morte...

Upton me posa une main sur l'épaule.

– Reed, on devrait peut-être...

Je me dégageai vigoureusement.

– Non !

Puis, à l'intention de Poppy :

– Comment oses-tu insinuer que j'ai tout inventé ? Pour qui tu te prends ?

Elle roula les yeux et porta une fourchette de salade à sa bouche.

– Reed..., insista Upton.

– Non ! Je veux savoir qui a essayé de me tuer.

– Je crois que j'ai la réponse, fit une voix grave dans mon dos.

Je me retournai brusquement et vis M. et Mme Ryan, accompagnés de Daniel, traverser le restaurant. Tout le monde se remit à chuchoter. Des dizaines d'yeux suivirent la progression de la famille dans le patio. Mme Ryan alla se poster derrière sa fille et posa les mains sur ses épaules, tandis que M. Ryan s'approchait d'Upton. Daniel resta un peu en retrait, aussi près de Poppy que possible. Il était carrément fou d'elle. À croire que les psychopathes s'attirent mutuellement.

– Qu'est-ce que vous voulez dire ? demanda Upton.

– Reed, je suis infiniment désolé, reprit M. Ryan. Il semblerait que vous ayez été agressée par l'un de nos employés…

– Quoi ? lâcha Paige.

Poppy écarquilla les yeux.

– Alors, elle a vraiment été poussée ?

Si Upton ne m'avait pas tenu le poignet, je lui aurais poché un œil.

– Il s'agit de Marquis, précisa M. Ryan.

Je clignai des yeux, abasourdie. Marquis était l'un des maîtres d'hôtel de chez Shutters, que les Ryan employaient parfois comme serveur. C'était un homme charmant. La bande de Saint-Barth l'appréciait, et il m'avait toujours paru parfaitement normal. Je n'arrivais pas à croire que cet homme au sourire chaleureux ait pu m'agresser.

– Impossible ! affirma Upton. On le connaît depuis des années. Pourquoi aurait-il…

– Sa famille a connu des moments difficiles, expliqua M. Ryan. Il en avait après le collier. La police l'a retrouvé chez lui. Nous sommes navrés, Reed. Comme l'a dit Upton, nous connaissons cet homme depuis de nombreuses années. Je ne l'aurais jamais cru capable d'une chose pareille.

Je m'efforçai de digérer la nouvelle et de mesurer ses implications. Si c'était vrai, alors personne n'avait essayé de me tuer. Le cheval affolé et le jet-ski détraqué n'étaient que des accidents. Personne ne m'en voulait.

– C'est incroyable ! commenta Upton.

– C'est plutôt une bonne nouvelle, non ? fit Noëlle en s'approchant de nous.

Ainsi, l'annonce de M. Ryan ne lui avait pas échappé...

– Je veux dire... Moi aussi, j'aimais bien Marquis, ajouta-t-elle. Mais ça signifie que Reed peut rester avec nous.

Elle se tourna vers moi.

– Tu vois, tu ne risques rien.

Elle parlait lentement, comme pour s'adresser à une personne maîtrisant mal sa langue.

– Ouais, admis-je. Tu as sans doute raison.

– Mademoiselle Brennan, mon mari et moi nous sentons responsables de ce qui vous est arrivé. Si nous pouvons faire quoi que ce soit pour nous faire pardonner, n'hésitez pas à nous solliciter, commença Mme Ryan sur un ton mielleux.

Je levai la tête. Ses petits yeux noirs plongèrent dans les miens. Je me rappelai soudain notre dernière rencontre avec une acuité effroyable. La honte que j'avais éprouvée quand elle nous avait trouvés, Upton et moi, à moitié nus dans la cabine de son yacht. Je rougis violemment et regardai autour de moi. Paige, Poppy et Sienna me fusillaient du regard. Et pour cause : je venais de les accuser à tort. J'essuyai mes paumes moites sur mon short et m'éclaircis la gorge.

– Je suis désolée pour ce que je viens de vous dire. C'est clair que vous n'avez rien à voir avec ce qui m'est arrivé.

Dans ce cas, pourquoi ne me sentais-je pas complètement rassurée ? La confidence que Sawyer m'avait faite plus tôt me revint en mémoire. Si Paige et Daniel étaient innocents, où étaient-ils allés ce soir-là, sur le bateau ? Pourquoi avaient-ils disparu ? Mais bon, si c'était Marquis le coupable, cela n'avait plus d'importance…

– Sans blague ? gronda Paige. Tu crois que tu peux débarquer comme ça, et…

– Paige ! tonna son père.

En deux secondes, son visage avait viré au rouge brique. Paige se recroquevilla légèrement. Elle but une nouvelle gorgée d'eau avant de daigner me regarder.

– On accepte tes excuses, dit-elle sur un ton pincé. N'est-ce pas, les filles ?

Sienna haussa les épaules. Les yeux de Poppy étincelaient de colère.

– Ouais, fit-elle d'une voix tendue. Sans rancune.

– Merci, répondis-je, jouant mon rôle dans cette petite comédie.

– Viens, allons commander, me suggéra Upton.

Je hochai la tête sans répondre et le laissai me reconduire à notre table. Mon soulagement était tel que j'en avais le vertige. C'était fini. Pour de bon. Je pouvais rester à Saint-Barth, régler mes différends avec Upton et profiter des derniers jours de vacances. Enfin, tout allait s'arranger.

Malentendu

– Bon, il faut qu'on parle…

Je me laissai tomber près d'Upton sur le drap de bain. Il posa son iPhone et me décocha un sourire éclatant.

– Aïe ! Je sens que ça va être ma fête…, plaisanta-t-il.

Autour de nous, nos amis discutaient, faisaient la sieste ou couraient au bord de l'eau. Après le déjeuner, nous avions tous rejoint la plage située sous l'hôtel Simon, l'établissement des parents de Poppy. Même le « trio maléfique » – ainsi que je surnommais Poppy, Paige et Sienna – était de la partie. Cependant, elles avaient dressé le camp un peu plus haut sur la plage, avec Daniel et Weston Bright. Comme d'habitude, elles me regardaient en chuchotant, et comme d'habitude, cela me mettait les nerfs en pelote. Si je ne pouvais plus les soupçonner de m'avoir agressée, je n'étais pas tranquille pour autant. Furieuses d'avoir été accusées publiquement, ces pestes devaient ruminer leur vengeance. Je me demandai ce qu'elles mijotaient. Je n'avais aucune envie de passer une autre après-midi enfermée dans une cabine de douche… Ou pire.

– Ça va ? me demanda Upton.

Je soupirai et me tournai vers lui. Il fallait que je me concentre sur mes priorités.

– Pas vraiment, non.

Je ramassai une brindille, que j'utilisai pour tracer mon nom dans le sable. J'avais une boule d'angoisse au creux du ventre. Finalement, je pris mon courage à deux mains. Si je décidais de rester à Saint-Barth, je devais découvrir ce qui s'était passé sur le yacht des Ryan.

– C'est au sujet de la soirée Casino, commençai-je en fixant la brindille. Tu sais, quand Poppy et Mme Ryan nous ont surpris…

– Ah…

Upton croisa les jambes.

– Vas-y, je t'écoute…

Son ton détaché m'horripila, au point que j'en oubliai mon appréhension.

– Tu as couru après Poppy, chuchotai-je, en la regardant pour m'assurer qu'elle n'était pas à portée de voix.

Mais non : elle était toujours en train de conspirer avec ses copines.

– Essaye d'imaginer ce que j'ai ressenti à ce moment-là. J'étais morte de honte, et tu m'as plantée là, seule, pour courir derrière ton ex.

Upton parut confus. Il plissa le front et lorgna à son tour vers Poppy.

– Tu veux dire, après qu'elle et Mme Ryan sont venues…

Soudain, son visage s'éclaira. Il se mit à rire.

– Mais non, Reed ! Je n'ai pas couru après Poppy. J'ai suivi Mme Ryan.

Je clignai des yeux.

– Quoi ?

– C'est un simple malentendu. Mme Ryan est très amie avec ma mère. Je voulais juste m'assurer qu'elle n'allait pas lui raconter ce qui s'était passé. Mes parents sont… parfois un peu vieux jeu. S'ils avaient appris ce qu'on faisait…

– Tu avais peur d'avoir des ennuis avec tes parents ? demandai-je, sidérée.

– Formulé comme ça, ça paraît idiot, je sais. Mais en fait, c'était plus pour te protéger toi, dit-il en glissant une mèche de cheveux derrière mon oreille. Je ne voulais pas qu'ils pensent que tu étais… tu sais : ce genre de fille.

Il grimaça, et j'éclatai de rire, malgré ma soudaine rougeur. Je ne me souciais pas vraiment de ce que les parents d'Upton pensaient de moi, mais rétrospectivement, je n'étais pas fâchée que Poppy et Mme Ryan nous aient interrompus. Cela me laissait du temps pour me demander jusqu'où j'avais envie de pousser cette histoire avec Upton. Pour découvrir si j'étais vraiment « ce genre de fille ».

– Donc, tu n'es pas parti consoler Poppy... C'est bizarre : Sawyer m'a dit que vous étiez revenus ensemble à la fête.

La mine d'Upton s'assombrit. Il hésita un instant.

– Ouais, c'est possible qu'on ait échangé quelques mots... Mais je n'ai pas revu Poppy avant de monter dans le canot de sauvetage pour partir à ta recherche.

Je regardai Sawyer par-dessus l'épaule d'Upton. Assis sur un drap de bain, au bord de l'eau, il était plongé dans un roman. Était-il possible qu'il m'ait raconté des salades ?

Upton me passa un bras autour des épaules et m'attira à lui.

– Alors, on est réconciliés ?

Je soupirai.

– Oui, je veux bien te donner une seconde chance, plaisantai-je.

– Merci pour ta clémence.

– Gage, arrête ! hurla soudain Kiran, qui remontait la plage en courant.

Ses longs cheveux bruns dégoulinaient d'eau et son corps bronzé était couvert de gouttelettes. Gage Coolidge zigzaguait derrière elle en brandissant un gros crabe mort.

– Quoi ? Le top model international a peur d'un petit crustacé ? fanfaronnait-il.

Voyant qu'il gagnait du terrain, Kiran pressa l'allure.

– Hé, ho ! Les mecs ! cria-t-elle. Personne ne vole à mon secours ?

– J'arrive ! se dévoua Graham.

Il lança le ballon de beach-volley à Dash, démarra en trombe et se jeta sur Gage, qu'il renversa dans le sable. Le crabe vola et atterrit aux pieds d'Amberly. Elle poussa un hurlement et s'éloigna sur le dos, à quatre pattes, projetant du sable sur les jambes de Noëlle.

– Amberly, qu'est-ce que tu fabriques ? pesta celle-ci.

– Désolée ! Il m'a balancé un truc mort.

Noëlle roula les yeux et tourna la tête. Graham et Gage luttaient toujours dans le sable en grognant. Kiran, qui ne semblait pas particulièrement traumatisée, récupéra sa serviette et se laissa tomber à côté de moi.

– Vous savez ce qu'il nous faudrait ? lança-t-elle, tandis que Graham enfouissait le visage de Gage dans le sable.

Elle se frotta gaiement les cheveux avec sa serviette avant de poursuivre :

– Une fête.

– Ça alors, quelle surprise ! ironisa Noëlle.

Dash quitta le terrain de beach-volley, bientôt suivi par Tiffany et Taylor. Ils formèrent un demi-cercle autour des lutteurs. Gage reprit le dessus et plaqua Graham au sol.

– Bien joué, mec ! le félicita Dash.

– Hé, les gars, je suis sérieuse ! insista Kiran.

Elle épousseta son ventre plat et s'allongea sur les coudes, offrant son corps parfait à la vue de tous.

– Il faut faire une fête de nouvel an en l'honneur de Sawyer, pour le remercier d'avoir sauvé la vie de Reed.

Upton ramassa la brindille que j'avais abandonnée dans le sable et se mit à jouer avec.

– Tu entends ça, Sawyer ? cria Graham.

Il repoussa vigoureusement Gage, se leva et s'avança vers son frère.

– Kiran veut organiser une fête pour toi !

Il lui coinça la tête sous son bras et l'attira vers notre petit groupe. Lorsqu'ils arrivèrent à notre hauteur, Sawyer était rouge pivoine.

– Tu n'es pas obligée, Kiran, dit-il en se libérant.

Upton jeta la brindille par terre, aux pieds de Sawyer. Je sentis un grésillement de tension passer entre les deux garçons. Upton était-il fâché de n'avoir pas pu jouer les héros, ce soir-là ? Je lui donnai un petit coup de coude.

– Kiran a raison, s'empressa-t-il de dire. On a vraiment besoin d'une fête.

– Génial ! exulta Kiran.

– Mais le nouvel an est dans trois jours. Peut-on vraiment organiser une fête digne de ce nom en aussi peu de temps ? ajouta-t-il.

– Tu me sous-estimes, Upton Giles, déclara Kiran.

Elle sortit son Blackberry et composa un numéro.

– Je m'en occupe dès maintenant.

Tandis que Kiran se consacrait à sa fête, Graham recommença à asticoter son frère, et une nouvelle bagarre s'engagea. Gage et Dash se lancèrent dans la mêlée, bientôt rejoints par Upton. Même West et Daniel ne furent pas en reste.

– Ah, les garçons ! soupira Noëlle en roulant les yeux. Tellement juvéniles…

Cela dit, les voir se rouler dans le sable était un spectacle assez réjouissant. Nous encerclâmes les lutteurs pour les encourager. Pour la première fois depuis longtemps, je me sentais parfaitement détendue. Heureuse. J'avais l'impression que les vacances venaient juste de commencer.

Proposition

– Alors, avoue que tu es contente d'être restée ! me taquina Taylor en franchissant les portes coulissantes de l'hôtel Simon, le lendemain soir, à l'heure du dîner.

– Carrément, répondis-je d'un air distrait.

Nos escarpins Jimmy Choo cliquetaient sur le sol de marbre. Dans un angle du vaste hall, parsemé de magnifiques bouquets de fleurs violettes et roses, un trio de musiciens jouait une musique des Caraïbes, rythmée par le son joyeux de la batterie. Je souris béatement. Nous nous apprêtions à rejoindre le reste de la bande pour dîner dans le restaurant le plus chic de l'hôtel Simon. Pour l'occasion, tout le monde s'était mis sur son trente et un, et les têtes se tournaient sur notre passage.

– Cette robe est à mourir, Reed, me dit Kiran, qui marchait derrière moi avec Noëlle.

Je portais la robe noire dos nu qu'elle m'avait achetée le jour de mon arrivée sur l'île et, effectivement, je me sentais hyper sexy.

– Upton va faire une attaque en te voyant.

– J'espère que non. Je ne crois pas que je pourrais supporter une mort subite…

– Si on faisait un pacte, proposa Noëlle. On s'engagerait à ne plus jamais prononcer le mot « mort ». Au moins jusqu'à notre retour à Easton.

Je la regardai en riant. À côté de sa robe bustier noire, la mienne ressemblait à un sac à patates.

– Marché conclu !

– Ah, ils sont là ! signala Taylor.

Le reste de notre petit groupe patientait au bar. À en juger par le volume des conversations, nos amis n'en étaient pas à leur premier verre… Je les rejoignis d'un pas prudent, de crainte de me tordre les chevilles sur les talons de douze centimètres que Kiran m'avait prêtés. Il n'aurait plus manqué que je m'étale à plat ventre devant Upton.

Précaution inutile : en m'arrêtant à la hauteur de Tiff et Amberly, je m'aperçus qu'il n'était pas là.

– Salut, les filles ! nous salua Tiffany en levant sa flûte de champagne. Allez vous chercher un verre au bar.

Kiran, Taylor et Noëlle s'exécutèrent. Je restai en arrière.

– Salut, Tiff. Tu sais où est Upton ?

– Dans le petit salon, répondit-elle en m'indiquant une large porte, juste en face de nous. Mais, à ta place, je n'irais pas.

– Pourquoi ? demandai-je, le cœur battant.

– Il est avec Poppy, chuchota-t-elle.

L'angoisse me serra la gorge, mais je décidai de passer outre. Poppy avait le chic pour s'offrir des tête-à-tête avec Upton, et je n'avais aucune intention de rester plantée là, à attendre qu'ils reviennent. J'allais récupérer mon mec, point final ! Lui montrer que je ne me laissais pas intimider.

– Merci.

Je glissai mon petit sac noir sous mon bras et m'éloignai d'un pas décidé. Soudain, la hauteur de mes talons ne me posait plus aucun problème. Vive l'adrénaline !

De gros fauteuils de cuir meublaient le petit salon, ainsi qu'un bar où plusieurs hommes d'âge mûr fumaient des cigares, accoudés devant un verre. Les lumières étaient tamisées, et mes yeux mirent un certain temps à s'accommoder à la pénombre ambiante. Alors, seulement, je repérai Upton et Poppy. Ils se disputaient dans un angle de la pièce, debout près d'un immense piano à queue.

– Si tu crois que je vais avaler ça, tu délires complètement, disait Poppy, l'air sidéré.

– Dans ce cas, mettons que je délire, répliqua Upton en posant une main sur le piano.

– Tout va bien ? demandai-je d'une voix forte.

Poppy se retourna brusquement. Sa robe, qui découvrait l'une de ses épaules, était couverte de bandes multicolores en forme de tire-bouchon. Je supposai que c'était l'œuvre d'un grand couturier, mais ça ressemblait à s'y méprendre à un truc que j'aurais pu acheter chez Target pour 14,99 euros.

Elle me dépassa en trombe, me crachant son venin au passage :

– Toi, je regrette que tu existes !

Puis, comme si elle se ravisait, elle s'arrêta et pivota pour me faire face.

– Soyons clairs, miss parano : ce n'était pas une menace de mort. Je n'ai aucune envie de voir les flics débarquer chez moi.

Sur ces mots, elle éclata de rire et s'éloigna. Par la porte ouverte, je vis Daniel se précipiter vers elle. Il lui tendit affectueusement une main, qu'elle repoussa. La méga-veste ! Daniel serra les mâchoires, fit demi-tour et balança son poing contre une colonne. Je grimaçai, tandis ses voisins poussaient des exclamations de surprise. Puis Daniel sortit de l'hôtel en coup de vent, la main coincée sous l'aisselle.

– C'était quoi, ça ? demandai-je, les yeux ronds.

– C'était Daniel et son odieux caractère, répondit Upton.

Il me posa les mains sur les épaules par-derrière et me glissa à l'oreille :

– Au fait, tu es sublime !

Il m'embrassa la nuque. J'éprouvai soudain une envie irrésistible de me retrouver seule avec lui. Mais je ne devais pas me laisser distraire.

– Merci, répondis-je en me dégageant. Mais je ne parlais pas de Daniel. De quoi tu discutais avec Poppy ? La conversation avait l'air tendue.

Upton m'enlaça la taille et m'attira à lui.

– Elle est contrariée parce que je viens de lui faire faux bond. J'avais promis de l'accompagner à une collecte de fonds. Un truc que ses parents organisent tous les ans au printemps, à Londres. Mais, en fait, je ne vais pas pouvoir.

– Ah bon. Pourquoi ?

Upton haussa les sourcils, surpris.

– Tu ne vois vraiment pas ?

Je rougis.

– Réponds, s'il te plaît.

– Eh bien, je crois qu'à partir de maintenant je ne vais pas sortir avec beaucoup de filles, dit-il en me caressant la joue. Après toi, elles me paraîtraient toutes ennuyeuses à pleurer. Insupportables.

Je souris malgré moi.

– C'est vrai ?

– Absolument.

Je n'en croyais pas mes oreilles. Upton, le roi des tombeurs, allait arrêter de séduire les filles... à cause de moi. Mon cœur cognait dans ma poitrine, tel un gros papillon affolé.

Upton se pencha vers moi et posa tendrement ses lèvres sur les miennes. En temps normal, je lui aurais rendu son baiser, mais j'étais trop absorbée dans mes réflexions. Upton voulait-il qu'on reste ensemble ? Envisageait-il une relation à distance ? Un séducteur de sa trempe pouvait-il rester fidèle dans de telles circonstances ? Cela me paraissait très improbable. Je rompis brusquement notre étreinte.

– Ça me touche beaucoup, Upton, mais...

– Mais quoi ?

– Tu seras en Angleterre et moi dans le Connecticut. Je ne m'attends pas à ce que tu restes mon petit ami à l'autre bout du monde...

– Et si j'en ai envie ? répliqua-t-il, sans l'ombre d'une hésitation.

«Alors, oui ! Oui. Oui. Oui.»

C'était tout ce que j'avais envie de répondre, au fond. Upton était tellement plus mature que les autres mecs que je fréquentais. Tellement facile à vivre (si l'on excluait la cohorte de ses ex déchaînées). J'aurais adoré avoir une histoire sérieuse avec un mec comme lui. Je me sentais aimée, rassurée, et surtout… insouciante. Pour lui, la vie était simple, pleine de possibilités, et il m'incitait à voir les choses de la même manière.

Soudain, mon esprit rationnel reprit le dessus. Certes, Upton m'avait dit qu'il était amoureux de moi, mais je n'avais pas imaginé une seule seconde que notre histoire puisse durer au-delà des vacances. J'étais flattée qu'il me propose l'exclusivité, mais que se passerait-il si, de retour en Angleterre, il réalisait qu'il était incapable d'être fidèle ? Et même dans le cas contraire, j'aurais toujours un doute. Je me voyais déjà tourner en rond à Easton, me demander en permanence où il était, avec qui…

– Il faut que je réfléchisse, déclarai-je. C'est un concept assez nouveau pour moi.

– Prends tout ton temps, dit Upton avec un grand sourire.

Il semblait confiant ; certain que j'allais accepter sa proposition.

– En attendant, si on faisait un truc sympa demain ? Pour nous distraire des évènements de ces derniers jours…

– Je ne sais pas…, hésitai-je. Chaque fois qu'on fait un truc « sympa », je frôle la mort.

Je ne plaisantais qu'à moitié.

Upton s'esclaffa.

– Je dois prendre ça pour un refus ?

– Pas exactement. Mais je serais plutôt partante pour faire un truc calme. Se dorer la pilule sur la plage, par exemple…

– D'accord.

Upton m'attira à lui et me donna un nouveau baiser.

– C'est toi qui décides. À partir de maintenant, je suis à ton entière disposition.

À cran

Je ne fermai pas l'œil de la nuit. Je n'arrêtais pas de penser à Upton et à sa proposition. Notre histoire était censée n'être qu'une idylle de vacances. Un truc amusant, pour passer le temps. Et pourtant, cette semaine, je m'étais vraiment attachée à lui, au point d'éprouver des sentiments... sérieux. Mais ces sentiments-là résisteraient-ils à la distance ? D'ici quelques jours, Upton et moi serions sur deux continents différents, séparés par un océan.

Et Josh ? Je n'avais pas oublié qu'il sortait avec Ivy, bien sûr... Pourtant, la dernière fois que je l'avais vu, il m'avait laissé entendre qu'il m'aimait encore. Si j'avais une chance de le reconquérir, je ne pouvais pas...

Non, mauvais calcul ! Je n'allais pas attendre les bras croisés que Josh daigne se réveiller. Il ne m'avait pas téléphoné, pas envoyé un seul texto depuis que j'étais ici. Même pas le jour de Noël.

Mais si je décidais de rester avec Upton, quand le reverrais-je ? Pendant les vacances ? À l'occasion d'un long week-end ? Je savais ce qu'en penseraient mes amies. Je n'avais que seize ans. Ce n'était pas le moment de jouer les nonnes.

Quand mon téléphone bipa à 6 heures du matin, j'étais tellement à cran que je tombai de mon lit en voulant l'attraper. J'avais reçu un texto de Sawyer.

Petit déj chez Shutters ? 7 h ?

Et comment ! Si je ne quittais pas bientôt cette chambre, j'allais me mettre à griffer les murs, au risque de saboter le patient travail de manucure que Taylor m'avait offert à ma sortie de l'hôpital. En plus, Sawyer aurait peut-être de judicieux conseils à me donner. Il connaissait Upton et il avait l'air d'un mec équilibré. Son avis me serait précieux. Je lui répondis par SMS :

J'arrive !

Je pris une douche rapide, j'enfilai une jupe bleue toute simple avec un tee-shirt blanc, et j'emportai mon sweat à capuche, au cas où. Mes cheveux étaient encore humides quand j'entrai chez Shutters, une heure plus tard. J'avais emprunté une mobylette aux Lange pour faire le trajet.

J'avais bien envisagé de réveiller Noëlle pour lui demander ses clés de voiture, mais je tenais trop à ma peau.

Quelques couples étaient déjà installés dans la salle, mais le restaurant était loin d'être plein. Les habitués n'étaient pas encore là. Sawyer avait pris place à la table préférée de Poppy, Paige et Sienna, dans un angle du patio. Pour une fois, il n'était pas plongé dans un livre. Il regardait fixement la porte et se leva en me voyant arriver. Son tee-shirt noir était froissé et, comme toujours, ses cheveux blonds lui tombaient devant les yeux.

– Je peux vous aider ? me demanda le maître d'hôtel.

– J'ai rendez-vous avec un ami, dis-je en montrant l'intéressé.

L'homme me sourit. Je contournai les tables pour rejoindre Sawyer qui se leva à mon approche. L'air du matin était frais, presque froid. Je détachai mon sweat de ma taille et l'enfilai.

– Salut, Reed. Merci d'être venue.

Sawyer attendit que je me sois assise pour m'imiter.

– De rien. Ça va, toi ?

– Ouais, nickel.

Il glissa les mains sous ses aisselles.

– Je n'arrivais pas à dormir, c'est tout.

– Moi non plus.

– Ah bon ?

Le visage de Sawyer s'éclaira.

– Ça t'arrive souvent ?

– Non, pas trop.

« Seulement quand l'un de mes proches a disparu, quand quelqu'un me traque, quand tous mes amis arrêtent soudain de me parler, quand on envoie une vidéo sexy de moi à tout le lycée, ou quand un mec qui me plaît me demande de continuer à sortir avec lui à distance. C'est-à-dire… quasiment jamais. »

– Ah.

Il parut déçu.

– Moi, ça m'arrive tout le temps.

Le serveur nous apporta des menus. Je posai le mien sur la table sans l'ouvrir. J'avais petit-déjeuné ici presque tous les matins depuis mon arrivée sur l'île ; je le connaissais par cœur.

– J'ai ruminé des pensées en boucle, carrément obsédantes, avouai-je en croisant les bras.

Sawyer haussa les sourcils, cessant d'étudier la carte.

– À quel sujet ?

– Upton.

– Ah.

Il baissa les yeux et referma le menu. Quand nos regards se croisèrent de nouveau, il y avait quelque chose de réservé dans le sien. Il s'efforça de sourire.

– Et alors, ça donne quoi ?

– Il a envie qu'on continue à sortir ensemble… de loin, lui confiai-je. Il voudrait qu'on… s'engage.

– Tu ne vas pas faire ça ! s'exclama Sawyer.

– Ah bon ? Pourquoi ?

– C'est n'importe quoi ! Upton ne s'engage pas. Ce n'est pas dans son ADN.

– Mais il…

– Fais-moi confiance.

Il avait dit ça sur un ton sans appel. Comme s'il avait eu ces mots sur le bout de la langue depuis des jours, attendant juste l'occasion de les prononcer.

– Bien sûr, il s'intéresse à toi pour l'instant. Sur le moment, il est toujours à fond avec les filles avec qui il sort. Mais toi… Tu es trop bien pour lui. Si tu vas plus loin avec Upton Giles, tu seras blessée.

Dans sa bouche, le prénom d'Upton sonnait presque comme une insulte. Mes joues s'embrasèrent. Si j'hésitais à m'embarquer dans une histoire plus sérieuse avec Upton, cela ne signifiait pas que je n'éprouvais rien pour lui. Que je ne le prenais pas pour un mec bien. Et Sawyer se permettait de l'insulter devant moi. En fait, il nous jugeait tous les deux.

Le serveur vint prendre nos commandes. Je lui rendis le menu d'une main tremblante. La colère bouillonnait dans mes veines, mais Sawyer ne semblait pas s'en rendre compte. Il but une gorgée d'eau, croqua un glaçon et se renversa sur sa chaise.

– Comment sais-tu le genre de fille que je suis ? demandai-je.

Il cligna des yeux.

– Pardon ?

– Tu me connais à peine, dis-je, en m'efforçant de garder mon calme. Comment pourrais-tu savoir quel genre de fille je suis ? Je suis peut-être le genre qui a envie de s'engager dans une relation avec un mec comme Upton. Qui, soit dit en passant, a toujours été adorable avec moi...

Mes mots restèrent suspendus en l'air. Sawyer me dévisagea en silence. Son visage ne trahissait pas la moindre émotion.

– Désolé, lâcha-t-il enfin. Tu as raison. Je ne te connais pas.

Je ne savais plus quoi dire. J'avais juste envie de partir. Moi qui avais espéré qu'une petite conversation avec Sawyer me ferait du bien... Sous la table, mes pieds tressautaient. Je détournai le regard, levai mon verre et bus une longue gorgée.

– Tu es fâchée ?

– Non, répondis-je en balançant les jambes.

– Tu es fâchée, conclut-il.

Il poussa un soupir.

J'évitais toujours de le regarder, mais je l'entendis tirer sa chaise et, du coin de l'œil, je le vis incliner le buste au-dessus de la table.

—Ne sois pas fâchée. Je suis désolé. C'est juste que... Tu me fais tellement penser à elle. J'ai sûrement imaginé que...

—À qui je te fais penser ? demandai-je, croisant enfin ses yeux gris.

Le visage de Sawyer s'empourpra.

—À personne. Laisse tomber.

—Certainement pas. À qui je te fais penser ?

Il porta une main à son front, repoussa sa frange.

—À ma sœur. Tu me fais penser à Jen.

Ma peau me picota. Qu'est-ce que cela signifiait, exactement ?

Le serveur nous apporta nos commandes : des crêpes aux fruits pour moi, des œufs brouillés pour Sawyer. Je ne leur accordai aucune attention. Sawyer soutint mon regard un bref instant, puis se détourna.

—C'est vraiment dur d'être ici sans elle, dit-il en fixant l'océan. Je ne voulais pas venir, mais tout le monde a insisté. Alors, le fait de te voir... De te voir avec lui...

Mon cœur se serra.

—Jen est sortie avec Upton ?

Sawyer eut un petit rire bref.

—Toutes les filles sont sorties avec Upton, à un moment ou à un autre.

Je le savais. Bien sûr. Je l'avais su avant même de rencontrer ce mec. Mais ça n'empêcha pas mon estomac de se contracter douloureusement. Upton était sorti avec Jen Hathaway. Dans un passé récent, sans doute, car Sawyer ne s'en était toujours pas remis. Une ex d'Upton était morte. Elle s'était suicidée...

– En tout cas, je suis désolé, reprit Sawyer. Ce n'est pas pour parler de ça que je t'ai invitée ce matin. Je me suis dit que ce serait sympa de passer un moment ensemble... Sans les autres.

Je pris une profonde inspiration. Il était temps de changer de sujet.

– Tu n'aimes pas la foule, hein ?

– Je déteste ça, admit-il avec un sourire malicieux. Surtout cette bande. Je les connais depuis tout petit, mais je n'ai jamais eu l'impression qu'ils voulaient de moi.

– Ouais. Ça m'a fait un peu le même effet.

– Avec Jen, c'était plus facile, continua Sawyer.

Il marqua une pause. Notre conversation avait pris un tour prudent, réservé. Comme si nous marchions sur des œufs.

– Elle trouvait toujours un moyen de m'intégrer, ajouta-t-il.

– Les frères et sœurs sont doués pour ça, dis-je, songeant à mon frère Scott.

Il m'avait toujours laissée l'accompagner quand il sortait avec ses copains, même s'il me prenait pour une gamine immature. Ce séjour à Saint-Barth aurait-il été différent si Jen avait été là ? Quel parti aurait-elle pris ? Paige, Poppy et Sienna ne m'avaient pas adressé la parole la veille au soir, au dîner. Elles n'avaient pas regardé une seule fois dans ma direction. Jen aurait-elle agi comme elles, ou aurait-elle accepté de bon gré que je sorte avec Upton ? Dans le doute, je préférais me dire qu'elle se serait rangée dans mon camp.

– Imagine ma surprise quand Kiran a eu l'idée de faire une fête en mon honneur ! conclut Sawyer. Je croyais qu'elle ignorait mon existence. Mais bon… j'avoue que ça me stresse un peu.

– Ça te stresse ? Pourquoi ?

– Personne n'a encore jamais organisé de fête pour moi, répondit-il en rougissant. Et je n'aime pas trop me retrouver sous le feu des projecteurs.

– Ouais, je comprends. Mais ne t'inquiète pas : je veillerai à ce qu'elles ne se déchaînent pas trop.

– Tu ferais ça ? demanda Sawyer, plein d'espoir.

– Bien sûr. Je suis convaincue que tu mérites une fête, mais ça peut être plus une soirée qu'une…

– Une bacchanale ? suggéra-t-il, un petit sourire au coin des lèvres.

– J'allais dire une « méga-bringue », mais je m'incline devant ton choix de vocabulaire, plaisantai-je.

Sawyer rit, et la tension qui planait au-dessus de notre table acheva de se dissiper. Apparemment, il était loin d'être remis de la mort de sa sœur. Dans ces conditions, je pouvais bien me montrer indulgente, même s'il avait parlé un peu vivement d'Upton. J'avais sûrement dit et fait des choses regrettables, moi aussi, après la mort de Thomas. Et puis, c'était rassurant de passer du temps avec quelqu'un qui avait entrevu la face obscure des choses. Qui ne me jugerait pas.

J'avais l'impression que Sawyer et moi allions devenir vraiment bons amis.

Premières fois

Le cœur au bord des lèvres, giflée par une pluie d'embruns, j'agrippai le dessous de mon banc pour tenter de garder l'équilibre, tandis que le voilier gîtait dangereusement. Je regardai mon gilet de sauvetage d'un air dubitatif. Ce petit truc de rien du tout allait-il vraiment m'empêcher de couler quand notre embarcation chavirerait ?

– La mer est magnifique aujourd'hui ! me cria Upton, qui courait sur le pont, tournant une manivelle par ici, ajustant une corde par là.

Il ne portait même pas de gilet. Et s'il tombait à l'eau ? Je me retrouverais coincée sur ce bateau, incapable de faire demi-tour pour lui porter secours. Qu'est-ce qui lui avait pris de m'emmener en mer ? Et moi, comment m'étais-je laissé embarquer dans cette galère ? Il était question de passer la journée sur la plage. Au sec. Sur la terre ferme.

– Alors, tu t'amuses bien ? me demanda-t-il d'un ton jovial.

Je regardai l'eau, essayant de comprendre ce qui le mettait ainsi en transe, mais je ne vis que moi. Seule. En train de flotter. De couler. De me noyer…

Stop ! Assez joué les braves. J'étais incapable de donner le change une seconde de plus.

– On va rester encore combien de temps ?

– Quoi ? Qu'est-ce que tu dis ?

– Je crois que je… Je n'en peux plus ! criai-je.

Upton pâlit. Il me rejoignit et s'accroupit devant moi.

– Ça ne va pas ?

– Si c'est ça que tu appelles un « truc calme »…

Il parut confus.

– Je suis désolé ! dit-il. J'aurais dû y penser. Quel idiot je suis !

Je ne pris pas la peine de le contredire.

– J'allais jeter l'ancre, reprit-il. Mais si tu préfères rentrer…

– Jeter l'ancre ? répétai-je, hébétée. Ça signifie qu'on va arrêter de bouger ?

– C'est généralement à ça que sert l'ancre, ouais, me taquina-t-il.

– Je crois que ça m'irait.

– Très bien. Dans ce cas, on va essayer. Mais si tu veux rentrer, tu n'as qu'un mot à dire.

– Merci.

Je me sentais déjà un peu mieux.

Un quart d'heure plus tard, le voilier était à l'arrêt. Seul le doux balancement de la houle l'agitait encore. Upton m'aida à quitter mon refuge, et je le suivis les jambes tremblantes jusqu'à la poupe. Un panier de pique-nique rempli de délicieuses victuailles nous y attendait. Je me laissai tomber sur un banc équipé de coussins bariolés. Je n'avais pas avoué à Upton que j'avais déjà petit-déjeuné avec Sawyer. Ce dernier avait des sentiments assez négatifs vis-à-vis de mon petit ami. Qui sait : la réciproque était peut-être vraie…

– Ça va ? me demanda-t-il.

– Ça ira.

Il s'assit près de moi et me passa un bras autour des épaules. Je me lovai contre lui en pestant contre mon gilet de sauvetage, qui me remontait sous le menton. La poitrine d'Upton se soulevait à intervalles réguliers et je percevais les battements de son cœur. Il me caressa le bras ; je soupirai.

– Ouais, ça ira même très bien.

Lorsque je renversai la tête pour voir son visage, il posa doucement ses lèvres sur les miennes. Les vagues clapotaient sur la coque du voilier, des mouettes criaient au-dessus de nos têtes. Dans le lointain, un moteur ronfla.

Je n'avais plus peur. Nous étions seuls en mer, mais c'était sans importance. Car Upton était avec moi.

Notre baiser se prolongea. J'agrippai la chemise d'Upton pour l'attirer plus près de moi. Ce satané gilet de sauvetage formait une paroi entre nous. Je laissai Upton m'en débarrasser. Au diable, la sécurité ! Je ne voulais plus qu'une chose : sentir son corps tout contre le mien.

À la seconde où le gilet toucha le sol, Upton me renversa sur les coussins. Il se recula un bref instant pour me regarder dans les yeux. Vérifier qu'il n'allait pas trop loin. Je l'encourageai d'un sourire, et il m'embrassa de nouveau, pesant sur moi de tout son poids.

Je glissai une main sous son tee-shirt afin de sentir sa peau, qui me parut brûlante. Upton déposait des baisers sur ma joue et dans mon cou. Ses lèvres me chatouillaient. Il repoussa mes cheveux pour dégager mon épaule et y traça un petit cercle du bout de la langue. Un délicieux frisson me parcourut des pieds à la tête. Je ris.

Upton leva la tête et me toisa d'un air interrogateur.

– Mademoiselle Brennan, les circonstances ne prêtent pas à rire, dit-il avec une sévérité feinte.

– Désolée !

Je tentai de me redresser, passant une jambe sur le côté du banc et pliant l'autre sur les coussins.

– Entendu. J'essayerai de garder mon sérieux.

– J'y compte bien ! Le rire peut vraiment faire perdre tous ses moyens à un garçon, fit-il, sur le ton de la plaisanterie.

Il me prit la cheville, posa ma jambe sur ses genoux et entreprit de la caresser de bas en haut. Je me mordis la lèvre.

– On ne rit pas, me sermonna-t-il.

Ses doigts montèrent plus haut, me chatouillant le genou. Un véritable supplice.

– On ne rit pas !

Il monta encore les doigts, caressant ma cuisse nue. Ma peau me brûlait partout ; j'étais comme électrisée. Il me regarda et hasarda les doigts encore plus haut. Je le sentis effleurer l'ourlet de mon short, mais je ne détachai pas mes yeux des siens. Il changea de position et glissa la main sous le tissu. Plus haut. Encore plus haut. Je n'avais plus envie de rire.

J'avais envie de le laisser faire. J'étais avide de ses caresses. Pourtant, à la dernière seconde, une alarme retentit dans ma tête.

– Upton. Arrête.

Il retira aussitôt sa main.

– J'ai comme une impression de déjà-vu, ironisa-t-il.

Il n'était pas fâché. Juste déçu.

– Je suis désolée, c'est juste que…

Depuis ma conversation avec Sawyer le matin, je n'arrêtais pas de penser à Jen Hathaway. À quel moment était-elle sortie avec Upton ? Comment avait-elle trouvé une place dans la tourmente de sa vie sentimentale ? Et si je lui ressemblais vraiment, ainsi que l'affirmait Sawyer, Upton avait-il remarqué cette ressemblance ?

Je n'avais pas envie de lui poser la question. Je n'étais même pas sûre de vouloir connaître la réponse. Seulement, cela s'ajoutait à la longue liste des inconnues sur le passé d'Upton. Son passé de don Juan.

Upton scruta mon visage. Comme je ne savais pas quoi dire, je me contentai de lui rendre son regard.

– Je peux te demander quelque chose ? lâcha-t-il enfin.

– D'accord.

– Est-ce que ce serait ta... euh, ta première fois ?

– Non.

Je fixai mes genoux, le visage brûlant. Puis je tirai sur l'ourlet de mon short.

– Mais ce serait seulement la seconde...

– Ah.

Il se redressa et s'adossa aux coussins. J'avais toujours la jambe sur ses genoux. Je fus heureuse qu'il n'ait pas éprouvé le besoin de la déplacer.

– Ce n'est pas que je ne veux pas..., expliquai-je. En fait, je voudrais bien. Seulement, j'ai l'impression que c'est une décision importante, et qu'il y a beaucoup de choses en jeu. Tu es sorti avec tellement de filles, et je...

– C'est encore ça ? demanda Upton. Tu es toujours jalouse.

– Non ! Pas jalouse, protestai-je. Je te jure que ce n'est pas ça. Je suis juste... curieuse. De ce que tu as fait. Et peut-être un peu inquiète. Tu as beaucoup d'expérience, et je... je me sens totalement novice.

Upton laissa échapper un petit rire bref.

– On est tous passés par là...

Ce n'était pas vraiment la réponse que j'attendais. Ni celle que j'espérais. J'aurais préféré qu'il me rassure en me disant que ça n'avait aucune importance. Qu'il était certain que ce serait génial avec moi. Qu'il s'était ennuyé avec toutes les autres filles, etc. Dans un moment pareil, un petit mensonge inoffensif peut faire un bien fou.

– Qu'est-ce que tu entends par là ? demandai-je.

Il se tourna vers moi.

– Je vais te raconter une petite histoire...

Intriguée, je repliai les jambes.

– Au sujet de ma première fois...

Ah. Je n'étais pas sûre d'avoir envie d'entendre ça. Mais bon, Upton ne m'avait quasiment rien confié de son passé sentimental, et je n'avais cessé de l'interroger... Si je l'interrompais maintenant, je risquais de passer pour une gamine capricieuse.

– C'était avec une femme plus vieille que moi, commença-t-il, un petit sourire aux lèvres.

– Plus vieille ? *Beaucoup* plus vieille ?

Ça me déplaisait déjà.

– Ouais. Une adulte.

« Beurk ! »

– OK.

– Quand tu parles d'inquiétude…, continua-t-il. Moi, j'étais carrément terrifié. J'ai mis un siècle à trouver le courage de sortir de la salle de bains.

Une image se forma dans mon esprit. Upton, tout maigrichon, à moitié nu, en train de flipper derrière une porte, pendant qu'une vieille femme plantureuse, en déshabillé de dentelle rouge, l'attendait au lit en fumant une cigarette. Trop glauque !

– J'ai fini par me décider et je l'ai trouvée qui m'attendait, complètement nue, avec juste autour du cou un gros collier de perles dorées, pointues. Va savoir pourquoi elle avait gardé ça…, commenta-t-il en riant. Comme j'étais trop stressé et trop poli pour faire une remarque, je n'ai rien dit. Mais après, alors que j'essayais de me concentrer, de ne pas gaffer, d'être respectueux, et tout… il y avait cet affreux collier, hyper lourd, qui me cognait le visage. Le cauchemar !

À présent, Upton riait à gorge déployée. Je me forçai à sourire.

« C'est toi qui as voulu connaître ce genre de détails, Reed. Tu voulais savoir ce qu'il avait fait... »

– Bien sûr, j'ai fini par oublier le collier, et à la fin, je t'assure que ça m'était devenu complètement égal !

Il secoua la tête.

– Je me trouvais tellement cool, tellement mature, après, tu sais... Le parfait petit con. Je retourne dans la salle de bains d'une démarche de playboy, je me regarde dans le miroir, et là, je m'aperçois que j'ai des dizaines de petites coupures partout sur le visage. J'ai dit à mes parents que j'avais été griffé par un chat.

– Ils t'ont cru ?

– Qui sait ? S'ils ne m'ont pas cru, ils ne me l'ont jamais dit.

Upton se renversa en arrière et posa le bras sur les coussins.

– Alors, et toi ?

– Moi quoi ? demandai-je, m'efforçant de chasser ces images de ma tête.

– C'était comment, ta première fois ?

Je songeai à Thomas, et mon cœur se ratatina, comme chaque fois que je revoyais son visage en pensée. Ses yeux bleus malicieux. La minuscule cicatrice sur son menton, son sourire spécial, rien que pour moi.

– Ce n'était pas aussi intéressant que ton histoire, dis-je en fixant mes mains.

– Allez ! Je t'ai raconté la mienne. C'est ton tour, maintenant, me taquina Upton.

Sentant que je n'y couperais pas, je pris une profonde inspiration et me lançai :

– C'était doux, tendre… C'était parfait, en fait.

Je souris en me rappelant la délicatesse de Thomas. Il s'était montré à la fois passionné et plein d'attentions. Comme s'il me révérait. Mon cœur saigna à ce souvenir.

– Ce n'était pas un truc que j'avais prévu de faire ce soir-là, mais pour une fois, je m'étais laissée aller. J'avais fait ce dont j'avais envie sur le moment. Puis, deux semaines plus tard… il est mort.

Le regard d'Upton se voila.

– Oh, mon Dieu, Reed, je suis désolé ! Quel imbécile je suis. J'avais oublié.

Il m'attira à lui et m'embrassa le front.

– On n'est pas obligés d'en parler.

– D'accord.

Il me tint ainsi un long moment. Je m'appliquai à respirer régulièrement jusqu'à ce que la douleur s'estompe.

Je ne voulais pas être ce genre de fille. Triste et sombre, capable de saboter la magie d'une journée sublime sur la mer des Caraïbes en parlant de son premier amour tragique à son nouveau mec. J'avais envie de passer à autre chose, de me sentir enfin libérée. J'aurais tellement aimé me laisser aller avec Upton. Pourquoi en étais-je incapable ?

– Oublions ça ! s'exclama-t-il soudain.

Il recula pour me regarder dans les yeux.

– Ces histoires, c'est du passé. Ce qui compte vraiment, c'est notre première fois à nous. En tout cas, moi, c'est la seule qui m'importe. Et elle se produira quand elle se produira. Rien ne presse.

Son petit discours me rendit le sourire. Une rafale balaya mes cheveux. Je posai une main à plat sur la poitrine d'Upton et jouai avec le bouton de sa chemise. Il avait raison. Son aventure avec cette femme, les autres filles avec qui il était sorti, ce que j'avais vécu avec Thomas… Plus rien de tout cela n'avait d'importance.

Je pris la résolution de vivre le moment présent, sans ruminer le passé. De me concentrer sur les sentiments que j'éprouvais pour Upton à cet instant précis. Je me sentais si bien, là, dans ses bras. Parfaitement heureuse. Je savais que je comptais pour lui. Il avait fait tant de choses pour moi. Quitté Poppy, imaginé mon fabuleux cadeau de Noël, passé tout son temps avec moi depuis une semaine, alors qu'il aurait pu être avec ses amis. Il m'avait même sauvé la vie le jour où Misty s'était emballée. Il tenait à moi ; tous ses actes le prouvaient. Et moi aussi, je tenais à lui.

Une phrase me brûlait les lèvres. Je tentai un instant de la retenir, mais c'était irrésistible.

– Qu'est-ce que tu dirais de demain soir ? lui demandai-je d'une voix rauque.

Je levai les yeux vers lui.

– Demain soir ?

Il paraissait surpris, presque choqué.

– Après la fête de Kiran, ajoutai-je, soudain très sûre de moi.

– Vraiment ?

– Si tu dois être mon petit ami à distance, on a intérêt à régler cette histoire avant de rentrer chez nous, déclarai-je d'un ton faussement détaché.

Le sourire d'Upton illumina son visage, le bateau, l'océan tout entier.

– Alors, tu veux bien qu'on reste ensemble ?

– Si ta proposition tient toujours…

– Et comment !

Il m'embrassa, tout joyeux.

– Mais attention : si on fait ça, il faut le faire convenablement.

– Qu'est-ce que tu entends par là ?

– Ne t'inquiète pas, je m'occupe de tout, dit-il en se renversant de nouveau sur le dossier.

Je me blottis contre lui, la joue contre sa poitrine. Il me caressa les cheveux, et je soupirai, ravie d'avoir pris ma décision. Je me sentais à la fois rassurée et surexcitée.

Upton me déposa un baiser sur le dessus de la tête et j'entendis le sourire dans sa voix lorsqu'il conclut :

– Fais-moi confiance. Ce sera une soirée inoubliable.

Grand cru

– Alors, Reed, qu'est-ce que tu vas mettre pour la fête, demain ? me demanda Kiran en sirotant un smoothie mangue-goyave.

Assise avec Noëlle et Taylor au bord de la piscine des Ryan, je balançais machinalement les jambes dans l'eau, tandis que Dash, Gage, Graham et West chahutaient dans le bassin. Sawyer, assis sous un parasol, était plongé dans *Huis clos* de Sartre. Amberly et Tiffany étaient parties nous chercher des boissons dans la maison. Quant à Paige, Poppy et Sienna, allongées sur des chaises longues derrière nous, elles faisaient semblant de lire des magazines tout en nous surveillant par-dessus leurs pages. Elles nous avaient invités pour faire la paix, mais je restais sur mes gardes. Si ces trois pestes avaient prévu de lancer une nouvelle offensive, je serais prête…

– Aucune idée. Je n'y ai pas réfléchi, mentis-je.

En réalité, ma tenue de nouvel an était *le* sujet qui m'obsédait depuis que j'avais décidé de franchir le pas avec Upton. Je voulais être sexy, mais pas trop. Sophistiquée, sans plus. J'aurais adoré aller m'acheter une robe sublime pour l'occasion, mais, contrairement à mes amies, j'étais fauchée. Je devrais donc me contenter de celle que Kiran m'avait offerte, et que je n'avais pas encore portée : une minirobe rouge avec des bretelles spaghetti et une encolure droite.

– Grave erreur, dit Kiran. La tenue que tu portes à minuit le soir du Nouvel An donne le ton pour l'année à venir.

– C'est quoi, ça ? Une maxime zen de top model ? ironisa Noëlle.

Elle s'allongea sur les coudes et orienta son visage vers le soleil.

– Non, c'est un fait prouvé, répondit Kiran, très sérieuse. À douze ans, j'étais en Marchesa pour le Nouvel An, et c'est l'année où j'ai signé mon premier contrat de mannequin. Et rappelez-vous ce que je portais en première !

Taylor plissa les yeux derrière ses lunettes de soleil.

– Ce n'est pas la fois où tu étais à l'hosto, pour ton opération des amygdales ?

– Si ! Chemise de nuit d'hôpital et pantoufles en papier. Et l'année qui a suivi a été la plus calamiteuse de toutes, acheva Kiran en aspirant dans sa paille.

Elle reposa son verre et s'assit bien droite, dans une parfaite posture de top model.

–Soigne ta tenue vestimentaire, Reed. Si quelqu'un a besoin de passer une bonne année, c'est toi.

–Merci. Je tâcherai de m'en souvenir.

–Qui voulait un banane-mangue ? lança Amberly, qui sortait de la maison avec Tiffany.

Je levai une main.

–Moi !

Je pivotai et vis Poppy et Paige chuchoter en me regardant. L'appréhension me serra la gorge. J'interrogeai discrètement mes amies :

–Les filles... je peux vous poser une question ? C'est au sujet de la soirée Casino.

Pas de réponse. Tiffany alla s'asseoir à côté de Kiran.

–Ouais, quoi ? finit-elle par demander.

–On m'a dit que Paige et Daniel avaient mystérieusement disparu, ce soir-là, à peu près au moment où j'ai été... vous savez quoi. Ça vous dit quelque chose ?

–Pourquoi tu demandes ça ? intervint Amberly. Je croyais qu'ils avaient arrêté Marquis. Il n'a pas avoué ?

–Si, confirma Noëlle. Reed, il faut vraiment que tu lâches l'affaire.

–Je sais, je sais. C'est juste que ces trois pestes n'arrêtent pas de parler de moi dans mon dos. Ça me rend dingue.

Je jetai un coup d'œil au trio maléfique. Se voyant surveillées, Paige, Poppy et Sienna se turent instantanément.

– Du coup, je me pose des questions…

– Effectivement, Daniel et Paige sont partis, confirma Taylor en retirant ses lunettes.

– Quoi ? fit Noëlle.

– C'est vrai ?

Mon cœur se mit à battre la chamade.

– Je m'en souviens parce que Daniel était en train de gagner au craps, et que Paige l'a littéralement arraché à la table. Rappelle-toi, Kiran : c'est toi qui as terminé son rouleau.

L'intéressée haussa les épaules.

– Je me souviens juste d'avoir perdu, dit-elle avec amertume.

– Ils sont restés absents un bon moment, continua Taylor. Je ne crois pas les avoir revus avant qu'on parte à ta recherche.

Lorsqu'elle se tut, un silence pesant s'installa entre nous. Je repoussai mon smoothie, écœurée. Ou Daniel et Paige étaient-ils allés ? La police avait-elle arrêté un innocent ? D'accord, les policiers avaient trouvé le collier chez Marquis, mais n'importe qui aurait pu le placer là…

Soudain, un cri fusa dans la maison. Tout le monde se retourna, hormis les garçons, qui chahutaient toujours dans la piscine. Les échos d'une violente dispute nous parvinrent, et je réalisai avec effroi que l'une des voix appartenait à Upton. Je ne distinguais pas ce qu'il disait, mais un fracas métallique m'incita à me lever. Mes amies m'imitèrent.

– C'est quoi ce délire ? lâcha Paige en bondissant de sa chaise.

Elle courut vers la baie vitrée du salon. Nous lui emboîtâmes le pas. Lorsque je pénétrai dans la pièce, la fraîcheur de l'air conditionné me frappa comme une gifle. Un vase métallique gisait sur le sol, et les grosses fleurs jaunes qu'il avait contenues formaient un étrange motif sur le carrelage. Upton et Daniel étaient face à face au milieu de la pièce. Daniel écumait de rage.

– Donne-moi ça, et je renoncerai peut-être à te casser la figure ! gronda-t-il, une main tendue vers son adversaire.

– Daniel, calme-toi, répondit Upton d'une voix posée.

Il tenait une bouteille de vin à la main. C'était clairement l'objet de la discorde.

– Que se passe-t-il ? demanda Paige.

Au lieu de lui répondre, son frère shoota dans le vase, l'envoyant valser à travers la pièce.

– Non, je ne me calmerai pas ! Tu crois que tu peux débarquer chez les gens comme ça, et te servir ? Mais pour qui tu te prends ? hurla-t-il. Il ne faut pas croire que tout t'appartient, mec !

Poppy nous regarda d'un air penaud, mais fière en même temps. C'était évident que Daniel parlait d'elle plus que de la bouteille.

– Je viens de te le dire : je ne l'ai pas prise, répliqua Upton. C'est ta mère qui me l'a donnée.

– C'est ça, ouais ! riposta Daniel. Maman ne se serait jamais séparée de ce grand cru. Cette bouteille vaut plus de deux mille dollars.

Upton haussa les épaules.

– Je ne sais pas quoi te dire, mec. Va lui demander toi-même.

Daniel crispa la mâchoire.

– Donne-moi cette bouteille, Upton !

– Non.

Il s'avança vers lui.

– Je le répète pour la dernière fois. Donne. Moi. Cette. Bouteille.

– Qu'est-ce que tu comptes faire ? Me frapper ? rétorqua Upton.

En guise de réponse, Daniel serra le poing et envoya un direct dans la mâchoire de son adversaire. Le craquement m'évoqua le bruit d'une batte de base-ball frappant une balle. Un cri de stupeur m'échappa, repris en écho par les autres filles. Upton vacilla mais ne tomba pas. Je ne sais par quel miracle il ne lâcha pas la précieuse bouteille. Il se frottait la joue quand M. et Mme Ryan arrivèrent au bas de l'escalier.

– Que se passe-t-il, ici ? rugit M. Ryan.

Son épouse s'arrêta pour ramasser son vase cabossé et le tint devant elle comme un bouclier. Elle regarda avec dégoût les fleurs éparpillées sur le sol, comme si le tragique destin de son bouquet la contrariait davantage que la querelle impliquant son fils.

– Upton a volé une bouteille de vin à la cave, expliqua Daniel. J'essayais juste de la récupérer.

– Upton n'a rien volé, répliqua sa mère sur un ton de reproche. C'est moi qui lui ai donné cette bouteille.

Daniel écarquilla les yeux.

– Quoi ? Non. Tu n'as pas pu…

Mme Ryan s'approcha d'Upton, protectrice comme une mère poule.

– Je l'ai croisé à la cave ; il cherchait une idée pour une occasion spéciale… Je lui ai proposé de prendre la bouteille.

Je sentis une soudaine rougeur envahir mon visage. Noëlle me lança un coup d'œil soupçonneux. Je savais parfaitement quelle était cette « occasion spéciale », et comme d'habitude mon amie l'avait deviné.

– Maintenant, Daniel, fais tes excuses à Upton ! ordonna sa mère.

Upton attendait, immobile, le visage impassible. Il ne paraissait pas triomphant, ni rien. On avait juste l'impression qu'il était pressé d'en finir. Daniel était toujours écarlate.

– Quand il neigera en enfer ! cracha-t-il.

– Daniel ! gronda son père.

Pour la première fois depuis que je l'avais rencontré, Daniel bravait l'autorité paternelle. Il fit un pas en direction d'Upton ; ses yeux lançaient des éclairs.

– Gare à toi, la prochaine fois que je te croise !

– Daniel, s'étrangla sa mère. Qu'est-ce qui t'arrive ?

Le jeune homme s'éloignait déjà à grands pas. Il poussa une porte au fond de la pièce et disparut.

Kiran se détacha de notre petit groupe et se planta en face de nous.

– Bon, eh bien c'est décidé ! déclara-t-elle, rompant le silence. Ce mec ne vient pas à ma fête.

– Quoi ? lâcha Paige. Tu plaisantes j'espère ?

– Pas du tout. Ça commence à faire beaucoup de bagarres. Je ne veux pas terminer l'année en pugilat. Daniel est exclu.

– Je rêve ! Tu désinvites des gens, maintenant ? On est en cinquième, ou quoi ?

– Ça m'en a tout l'air, oui, rétorqua Kiran.

Paige croisa les bras.

– Très bien. Si Daniel ne vient pas, je ne viens pas non plus.

– Moi non plus, ajouta Sienna.

– Tant mieux ! Restez tous chez vous, trancha Kiran. De toute façon, j'en ai marre de vos mauvaises vibrations.

– Nous ? s'exclama Poppy, une main sur le cœur. Si quelqu'un a une énergie négative sur cette île, c'est elle ! Elle pointa sur moi un doigt acusateur.

– C'est bon, on connaît la rengaine, et j'en ai par-dessus la tête, intervint Noëlle. C'est la fête de Kiran. Si elle décide que vous n'êtes pas invités, vous n'êtes pas invités, point final. Et personnellement, je salue cette initiative.

Elle me passa un bras dans le dos, puis se tourna vers Paige et ses parents.

– Monsieur et madame Ryan, merci pour cette délicieuse après-midi. Je pense que vous serez d'accord pour dire qu'il est temps de prendre congé.

Mme Ryan pinça les lèvres. Ses boucles auburn oscillèrent légèrement.

– Oui, je crois que ça serait mieux, admit-elle en lorgnant vers Upton et sa bouteille de vin.

– Bonne année, mesdemoiselles, lança Noëlle par-dessus son épaule. Si vous cherchez de bonnes résolutions pour la nouvelle année, j'ai une petite suggestion : arrêter de vous comporter comme des garces immatures.

Sur ces mots, elle m'entraîna dans le couloir avant que les parents de Paige puissent réagir. Leur fille venait quand même de se faire insulter sous leur nez, dans leur propre maison. Nos amies, ainsi que Dash, Gage, West, et les Hathaway nous suivirent. Ces derniers avaient dû deviner qu'ils avaient intérêt à prendre notre parti s'ils voulaient être invités à la fête. Upton glissa quelques mots aux Ryan, puis nous rejoignit à son tour.

– Eh bien voilà, ça s'est bien passé, commenta-t-il, facétieux.

– Qu'importe. J'en ai marre de leurs conneries, répondit Noëlle. Ils ont ce qu'ils méritent.

Elle poussa la porte et nous sortîmes en file indienne.

Pré-fête

– Bon, les filles ! Il faut qu'on parle affaires…

Kiran et Taylor quittèrent le salon des Lange pour entrer dans le patio, des flûtes de champagne à la main. Amberly se précipita vers elles dans sa robe rose moulante pour les débarrasser de deux verres ; elle en passa un à Tiffany. Kiran me tendit une flûte et en plaça une sur la table de verre devant Noëlle, qui examinait ses sourcils dans un miroir de poche. Dehors, le soleil approchait de l'horizon, teintant la plage d'une douce lumière orangée.

– Parler affaires ? Je croyais que c'était une fête pré-fête ! objecta Tiffany en buvant une gorgée de champagne.

– C'est ça. Mais on doit décider dès maintenant qui va embrasser qui à minuit, expliqua Taylor avec un sourire malicieux.

Elle piocha un canapé au caviar sur le plateau en argent posé sur la table.

– Histoire d'éviter toute confusion…

– On connaît déjà le choix de Reed, signala Tiffany.

Elle me passa un bras autour des épaules, et mes amies firent d'horripilants bruits de bisous mouillés. J'ajustai les bretelles de ma robe et me tournai vers l'océan, en attendant que ma rougeur s'estompe. Merci, les filles !

– J'espère qu'aucune de vous n'a prévu d'embrasser Dash, prévint Noëlle.

– C'est clair, dit Kiran en roulant les yeux.

Elle leva un doigt.

– Je prends Graham !

– Quoi ? C'est pas juste ! Tu ne nous as pas laissé une seule chance, s'insurgea Amberly.

– Je croyais que tu craquais pour Sawyer, intervint Tiffany en prenant un petit four.

– Pas du tout ! protesta Amberly, beaucoup trop fort pour être honnête. Mais si Graham est pris, je veux dire… Si je suis obligée…

Je regardai Amberly par-dessus mon épaule. Elle était encore plus rouge que moi. Cette écervelée n'était pas assez bien pour Sawyer. J'étais presque tentée de le mettre en garde contre elle…

– Ça laisse West et Gage, résuma Kiran.

Elle regarda Tiffany et Taylor.

– Qu'est-ce que vous en dites, les filles ?

– Pas question d'embrasser Gage ! déclara Taylor.

Puis, à l'intention de Tiffany :

– Je suis prête à me battre pour avoir West, Goulbourne ! Je fais du kick-boxing trois fois par semaine depuis neuf mois. Tu es prévenue.

Tiffany haussa une épaule.

– Je m'incline. J'embrasserai Gage par pitié.

– Par pitié ! s'esclaffa Noëlle. J'aimerais voir sa tête s'il t'entendait.

Tiffany gloussa.

– Ouais, c'est sûr. Mais vu le rythme de ses conquêtes, j'ose espérer qu'il a de la technique.

Tout le monde éclata de rire. Noëlle referma son miroir et leva sa flûte de champagne.

– Parfait ! Maintenant qu'on a réparti les rôles, j'aimerais porter un toast.

Nous fîmes un petit cercle autour d'elle, préparant nos flûtes.

– Aux meilleures années de notre vie, proposa Noëlle. Mais surtout, à Reed ! Je te souhaite une année sans drames, ma chère Lèche-vitres.

Mon cœur fit un bond joyeux. J'espérais que son vœu allait me porter chance. Non : j'en étais sûre !

– À Reed ! s'exclama Tiffany.

– Et une année sans drames ! ajoutèrent Kiran et Taylor.

Nous trinquâmes au moment précis où le soleil disparaissait derrière l'horizon.

Sawyer, mon héros

Lovée dans les bras d'Upton à l'arrière d'un zodiac, je contemplais, émerveillée, la myriade de petits bateaux effilés qui fendaient les vagues tout autour de nous. Comme nous, ils fonçaient pleins gaz vers l'île privée que Kiran avait louée pour sa fête de Nouvel An, repérable au feu de joie scintillant sur la plage. Le battement des basses couvrit bientôt le bruit du moteur, et je distinguai une vague ondulation sur le quai. J'interrogeai Upton du regard ; il se contenta de hausser les épaules. Un frisson d'excitation me traversa. Cette nuit s'annonçait mémorable.

L'un après l'autre, les bateaux accostèrent, et je découvris enfin ce qui produisait la fameuse ondulation. C'était le mouvement d'une dizaine de danseuses, qui se trémoussaient au rythme de la musique. Elles nous souhaitèrent la bienvenue avec des cris joyeux. Upton m'aida à descendre sur la terre ferme ; il nous débarrassa de nos gilets de sauvetage et les tendit à notre capitaine. Tout le long du quai, les invités faisaient de même. Sawyer, Graham et West étaient venus ensemble ; Noëlle et Dash avaient partagé un bateau. Amberly, Tiffany et Taylor furent les dernières de la bande à poser le pied sur l'île. Apparemment, des dizaines de convives nous avaient précédés ; les gens discutaient dans le faisceau de grands projecteurs blancs. Pendant qu'Upton donnait un pourboire au marin, Kiran nous rejoignit sur le quai, vêtue d'une courte robe violette, une orchidée blanche dans les cheveux.

– Bienvenue au paradis ! s'écria-t-elle. Et voici notre invité d'honneur !

Elle prit Sawyer par le bras et l'entraîna sur le devant de la foule.

– Et maintenant, que la fête commence ! cria-t-elle.

Je laissai notre petit groupe s'éloigner et m'approchai de Sawyer, qui fixait ses chaussures, écarlate.

– Ne t'inquiète pas, lui glissai-je. Elle m'a promis de faire le strict minimum…

– Merci, me chuchota-t-il en retour.

Je ne lui avouai pas que j'avais mes propres plans le concernant. Il aurait beau protester, je tenais à le remercier publiquement pour son acte héroïque. Je n'avais pas l'intention d'en faire des tonnes : pas de feu d'artifice ni de message tracé dans le ciel, ni rien. Juste un petit discours, plus tard dans la soirée. Quand tout le monde – y compris Sawyer – aurait décompressé.

– Tu permets que je t'emprunte ma petite amie ? lui demanda Upton.

Sans attendre la réponse, il me prit par la main et m'enleva. Je jetai un coup d'œil derrière moi et vis que Sawyer restait seul en arrière, tandis que tous nos amis rejoignaient la fête. J'espérais qu'il finirait par se détendre et s'amuser.

Je fus rapidement distraite de ces pensées par le spectacle qui s'offrait à moi. Au sommet d'une colline sablonneuse était installée une vaste piste en parquet, où plusieurs personnes dansaient déjà sur la musique du DJ. Un bar au toit de bardeaux se dressait près de la piste. Les deux barmen étaient si sollicités qu'ils avaient le visage ruisselant de sueur.

D'un côté du bar, un sentier menait à un jacuzzi entouré de flûtes de champagne, de plateaux de fruits et de bonbons. Un autre petit chemin descendait vers une piscine éclairée par-dessous, dont les eaux luisaient comme une pierre d'aigue-marine.

– Kiran a pensé à tout, observa Upton en m'attirant contre de lui.

– Pas moi. J'ai oublié d'apporter un maillot de bain.

– Tu n'en auras peut-être pas besoin, dit-il d'un air coquin.

Je le repoussai d'une main sur la poitrine.

– Holà, doucement, garçon ! Si on allait danser, pour commencer ?

– Tes désirs sont des ordres.

Il m'entraîna sur la piste et me tint contre lui, si près que j'avais l'impression que nos corps fusionnaient. Upton était un excellent danseur. Il avait le sens du rythme, et pouvait poser ses mains n'importe où dans mon dos ou sur mes hanches sans que cela me paraissse déplacé. Je me sentais si bien que j'en oubliai la présence de nos amis.

– Si on partait ? lui glissai-je à l'oreille.

Il sourit.

– Patience ! Je dois rentrer à Saint-Barth tout à l'heure pour vérifier que tout est prêt. J'ai loué un bateau pour te ramener, quelque temps après moi. Pour l'instant amusons-nous un peu.

Sur ces mots, il me fit pirouetter plusieurs fois. Je fus tellement surprise que je perdis l'équilibre et percutai un inconnu, qui bascula sur sa petite amie.

– Désolée ! m'excusai-je en riant.

– Pas de problème. C'est une fête, répondit-il avec un accent australien.

Nous passâmes l'heure suivante à danser. Les boissons coulaient à flots, et nos amis étaient de plus en plus bruyants, brouillons, et câlins. Contrairement à eux, j'avais résolu de ne pas boire une seule goutte d'alcool. Upton m'avait promis une soirée inoubliable. Je voulais être sûre de ne pas en perdre une miette.

Nous fûmes bientôt tout un groupe à occuper le centre de la piste. Je souris en voyant Sawyer se laisser entraîner par Taylor et Amberly. Il me rendit mon sourire et se mit à danser. Il semblait détendu.

Je profitai d'une pause pour m'approcher de lui.

– Ça va ? J'ai l'impression que tu t'amuses. Ne me dis pas le contraire, ça se voit.

– Ça va…, admit-il en s'adossant au tronc d'un palmier, au bord de la piste.

Il me fit un clin d'œil complice.

– Finalement, cette année s'annonce plutôt bien.

Je hochai vigoureusement la tête.

– Vu que tu es dans une humeur aussi positive, je crois que le moment est venu d'en finir, déclarai-je, d'un ton mystérieux.

Sawyer se redressa, inquiet.

– Quoi ?

– Je sais que tu détestes te retrouver sous les projecteurs, mais je suis un peu obligée…

Je le pris par la main et le tirai vers le DJ.

– Un jour, tu me pardonneras…

– Reed, qu'est-ce que tu mijotes ?

Sawyer regarda autour de lui, cherchant une échappatoire, mais se laissa entraîner sans résister. Je fis signe au DJ.

– Je peux avoir le micro, une seconde ?

– C'est toi, Reed Brennan ?

– Ouais.

Comme prévu, Kiran l'avait averti. Il hocha la tête, me passa le micro et baissa considérablement le volume de la musique. Les danseurs ralentirent ; ils regardèrent autour d'eux, perplexes.

– Bonjour tout le monde ! dis-je en levant un bras. Désolée pour cette interruption. J'ai juste deux ou trois choses à vous dire…

– Je te déteste ! me glissa Sawyer à l'oreille.

Je lui souris.

– Certains d'entre vous le savent déjà : ceci n'est pas une simple fête de Nouvel An. Elle est dédiée à mon ami Sawyer Hathaway, qui m'a sauvé la vie il y a quelques jours, débitai-je d'une traite.

– Pour Sawyer ! Hip hip hip, hourra ! hurla Graham.

Un tonnerre d'applaudissements lui répondit, et des vivats fusèrent dans la foule. Sawyer piqua un fard. Il dansait d'un pied sur l'autre en tripotant ses bracelets tissés.

– Je vais faire bref, parce qu'il n'aime pas trop qu'on attire l'attention sur lui, mais je voulais juste que tout le monde m'entende dire… Merci, Sawyer !

Je me tournai vers l'intéressé pour ajouter :

– Si tu n'avais pas sauté à l'eau pour me repêcher, je ne serais pas là aujourd'hui. Je ne serais pas avec mes amis en train de faire la fête. En train de prendre de bonnes résolutions, de faire des projets d'avenir…

Je regardai Upton en prononçant ces mots.

– Je te le promets, Sawyer, je ne te ferai plus jamais un coup pareil… Mais je trouve que tu as bien mérité qu'on trinque à ta santé.

Je levai la coupe de champagne que j'avais prise sur un plateau, sur la table du DJ. Kiran avait vraiment tout prévu.

– À Sawyer, mon héros !

– À Sawyer ! rugit la foule.

Il y eut beaucoup d'applaudissements, de cris, de brouhaha. Sawyer se força à lever les mains en guise de remerciement, même s'il était mort de honte. Puis le DJ remit la musique à fond et tout le monde recommença à danser. Je lui rendis le micro et tendis ma flûte de champagne à Sawyer.

– Tiens. J'ai l'impression que tu en as besoin…

Il la vida d'une traite.

– Merci.

– Rassure-moi, tu ne me détestes pas vraiment ?

Il sourit.

– Non. Mais c'est bien terminé ? Plus de remerciements, plus de discours ?

– Je te le jure ! fis-je, une main sur le cœur.

– Hé, les gars, venez voir ! Vous n'allez jamais le croire ! s'écria Kiran, qui se frayait un chemin jusqu'à nous.

Elle retraversa la piste et nous la suivîmes tant bien que mal, en esquivant les coups de coudes des danseurs. Nous retrouvâmes nos amis alignés le long de la berge, qui fixaient l'eau. Je louchai pour tenter de distinguer ce qui les subjuguait ainsi, et finis par repérer un bateau solitaire, flottant sur les vagues à une certaine distance de nous.

– Qu'est-ce que c'est ?

– C'est le bateau de Daniel, m'apprit Noëlle. Ces losers nous espionnent !

J'éclatai de rire.

– Tu plaisantes ?

– C'est pathétique ! commenta Taylor.

Noëlle sortit son iPhone de son sac et l'alluma.

– Qu'est-ce que tu fais ? se renseigna Dash.

– Attends, tu vas voir...

Elle approcha le téléphone de son oreille et s'éclaircit la gorge.

– La messagerie. N'importe quoi !

Elle attendit un moment avant de parler :

– Hello, bande de losers ! On n'arrive pas à croire que vous n'ayez rien trouvé de mieux à faire, le soir du Nouvel An, que de nous espionner ! On dirait que les puissants sont tombés de leur piédestal, n'est-ce pas, Paige ? C'est dur de ne plus avoir d'amis, hein ?

Elle laissa tomber son téléphone dans son sac et se tourna vers nous.

– Jacuzzi ?

Les filles poussèrent des cris de joie ; les garçons retirèrent leurs tee-shirts. Sawyer haussa les épaules et suivit son frère, qui courait déjà vers le jacuzzi en caleçon. Tiffany se déshabilla.

– J'espère que tu as un soutien-gorge sous ta robe, me lança-t-elle, en découvrant un ensemble en dentelle noire, très sexy.

Par chance, c'était le cas. Mais avais-je vraiment envie que les mecs voient mes dessous ? Surtout Upton, qui était censé les découvrir plus tard ? Et Dash ? Cette pensée raviva aussitôt le souvenir de la soirée la plus pitoyable de ma vie.

Upton remarqua mon hésitation.

– C'est mignon que tu sois aussi pudique, me souffla-t-il à l'oreille. Tiens.

Il me tendit un grand tee-shirt bleu.

– J'ai emprunté ça à une des danseuses, au cas où…

– Upton… Merci.

Il colla son front contre le mien et nos nez se touchèrent.

– Comme si j'avais envie que mes copains voient ma chérie à moitié nue. Tu es toute à moi.

Ces paroles firent courir un frisson délicieux le long de ma colonne vertébrale, jusque dans mes orteils.

– Absolument, répondis-je.

J'enfilai le tee-shirt et retirai ma robe par-dessous.

– Maintenant, à nous le jacuzzi !

Aveu

– Vous êtes fous ? On ne peut pas aller dans la piscine après le jacuzzi ! L'eau doit être glaciale, piailla Amberly, qui tremblait dans ses dessous roses. On est censés faire ça dans l'autre sens.

– J'aime bien prendre des risques, répliqua Kiran. Va te sécher si tu n'as pas envie de venir.

– Je crois que je vais suivre ton conseil, dit Upton en s'arrêtant près de la piste de danse.

Tiffany et West nous contournèrent sans s'arrêter, laissant des empreintes de pieds mouillés sur le bois.

– Il faut que je rentre à Saint-Barth, ajouta Upton à mon intention. Tout va bien ?

– Ça va. Dans combien de temps je te rejoins ?

Il consulta sa montre.

– J'ai demandé au type de venir te chercher vers onze heures. Ça ne te dérange pas de fêter le Nouvel An rien qu'avec moi, n'est-ce pas ?

Je repensai à ce que Kiran avait dit concernant les vêtements que l'on porte à minuit. Si Upton et moi étions ensemble à ce moment-là, seuls et dévêtus, cela serait peut-être un bon présage pour notre relation à distance. Cette pensée me donna la chair de poule. Il s'en aperçut et me frotta les bras avec ses paumes.

– Ça va, répétai-je. Bien sûr que non, ça ne me dérange pas. Au contraire !

Le sourire d'Upton me réchauffa des pieds à la tête. Il se pencha et me donna un long baiser.

– À très bientôt, alors !

Je le regardai descendre la colline, les doigts croisés sous le menton. Je n'en revenais pas de ma chance. Ce mec beau comme un dieu, intelligent, expérimenté avait envie d'être seul avec moi le soir du Nouvel An. C'était carrément surréaliste ! Je me retins d'éclater de rire. Au lieu de ça, je fis demi-tour et rejoignis mes amis à la piscine. Les mecs, rassemblés autour de deux tables hautes, grignotaient des biscuits apéritifs. Les filles étaient déjà dans le bassin.

– Reed, ce mec est raide dingue de toi ! déclara Kiran.

Je me glissai dans l'eau froide à côté de Noëlle. Je souriais béatement.

– Ouais. Tu as gagné le Concours Upton haut la main... C'en est presque ridicule, ajouta Tiffany.

Chaque année, les filles de Saint-Barth se disputaient l'honneur d'être la première à sortir avec Upton. Une petite tradition de vacances, à laquelle j'essayais de ne pas trop penser.

Je secouai la tête.

– Non, pas officiellement. Pas encore.

Noëlle haussa les sourcils.

– « Pas encore » ? Reed, tu réalises ce que tu viens de dire ? Ça sous-entend que tu as l'intention de conclure...

Je me mordis la lèvre et plongeai la tête sous l'eau. Malgré cela, je les entendais encore glousser. Tiffany me tira le bras pour m'obliger à émerger.

– Attends ! Alors, tous les deux, vous avez prévu de...

Je hochai la tête, incapable de parler. Une bulle d'allégresse s'était logée dans ma gorge.

– Je le savais ! J'étais sûre que c'était ça, l'occasion spéciale que préparait Upton ! s'écria Noëlle.

– Quand ? demanda Kiran en m'éclaboussant le visage. C'est prévu pour quand ?

Je crachai un peu d'eau par la bouche et clignai des yeux.

– Ce soir, avouai-je en fixant mon tee-shirt qui flottait sur l'eau. C'est pour ça qu'il vient de partir. Il est rentré chez lui pour s'occuper des derniers préparatifs.

– Eh bien…, dit Noëlle en me poussant du pied. Je ne te croyais pas comme ça.

– Quoi ? Tu voudrais que je reste éternellement célibataire ? Thomas est mort et c'est fini pour de bon avec Josh.

C'était peut-être fini ; n'empêche que le seul fait de prononcer son prénom me causa un pincement au cœur.

– Il est temps que je passe à autre chose, non ?

Taylor hocha la tête.

– Ouais, tu as bien raison.

– Et pour passer à autre chose, Upton Giles, c'est vraiment le top ! ajouta Kiran.

– Il est trooop sexy ! s'exclama Amberly.

Je la fusillai du regard ; elle leva les yeux au ciel.

– Je disais ça comme ça.

– J'ai tellement hâte d'être là-bas, avouai-je en indiquant Saint-Barth. Sans vouloir te vexer, Kiran. Ta fête est magique, mais…

– On comprend, ne t'inquiète pas ! répondit mon amie en inclinant sa coupe de champagne. Votre fête n'a pas encore commencé, mademoiselle Brennan.

Panique

Je grimpai dans le bateau qu'Upton avait envoyé pour me ramener à Saint-Barth sous les acclamations moqueuses de mes amis. Plus grand que les hors-bord qui nous avaient conduits sur l'île, il était équipé d'une cabine et d'un poste de pilotage, auquel on accédait par des marches. Le sol et les sièges de cuir blanc à la poupe étaient recouverts de pétales de fleurs rouges et roses, et un mot était posé sur un gilet de sauvetage.

« Prends soin de toi, disait le message. On se retrouve très bientôt. »

Je souris en enfilant le gilet par-dessus ma robe rouge, que j'avais remise après mon bain. J'étais touchée qu'Upton y ait pensé. Qu'il prenne soin de moi, même quand il n'était pas là. Je posai le tee-shirt mouillé roulé en boule (j'avais décidé de l'emporter chez moi en guise de souvenir) avec mon sac sur l'un des bancs, et m'assis de l'autre côté, le cœur battant. Dans quelques minutes, je serais seule avec Upton. Je tentai d'imaginer le déroulement de notre soirée. Je sentais déjà ses mains sur ma peau, ses lèvres sur les miennes. Je frissonnai. J'étais trop impatiente.

– Vous êtes prête, mademoiselle ? me demanda le capitaine, un colosse à la barbe rousse, affublé de grosses lunettes noires.

– Oui, on peut y aller.

Il fit un signe de tête à un employé sur le quai, qui largua les amarres. Le moteur crachota et l'embarcation s'éloigna paresseusement. Lorsque nous fûmes à une cinquantaine de mètres de l'île, le capitaine mit les gaz. L'instant d'après, on fendait les vagues à une vitesse ahurissante.

Effrayée, je m'agrippai au bastingage, serrant les lèvres pour m'empêcher de crier. Je n'aurais jamais imaginé qu'un aussi gros bateau puisse aller à cette vitesse. Ni que c'était autorisé. Mais si Upton avait engagé ce mec, il savait ce qu'il faisait, non ? D'ailleurs, plus on allait vite, plus tôt je l'aurais rejoint...

Le bateau chevaucha une grosse vague et retomba violemment sur l'eau, comme s'il s'agissait d'une dalle de béton. La secousse se répercuta jusque dans mes os. Je fermai les yeux, le temps de me ressaisir. À ma place, Noëlle aurait râlé, c'est certain. Elle aurait ordonné au type de ralentir. Après tout, il était aux ordres d'Upton. N'était-il pas censé obéir à ses invités ?

« Vas-y, Reed. Ne te laisse pas faire. »

En rouvrant les yeux, je cherchai Saint-Barth à tribord, mais ne vis que les ténèbres. Affolée, je regardai tout autour de moi. L'île principale, avec ses lumières scintillantes, se trouvait à présent derrière nous, et l'île privée où se tenait la fête, loin sur ma droite. Le bateau fonçait vers le large. Quelle mouche avait piqué ce type ? Était-il soûl ? S'était-il évanoui sur le gouvernail ?

Je tentai de ravaler mon angoisse et me levai. Toujours agrippée au bastingage, je fis un pas chancelant. Le capitaine était sur une plateforme, au-dessus de moi. Pour l'atteindre, je devais gravir les marches mouillées, de part et d'autre de la cabine. Cette idée me retournait l'estomac.

– Excusez-moi ! criai-je.

L'homme ne réagit pas. Il n'avait pas dû m'entendre, à cause du bruit du moteur.

– Hé, ho ! Excusez-moi !

J'empoignai la rambarde au pied de l'escalier et posai un pied sur la première marche.

– On prend la mauvaise direction ! L'île est de l'autre...

Je ne pus achever ma phrase. Quelqu'un avait surgi derrière moi et m'avait passé un bandana par-dessus la tête, avant de me l'enfoncer dans la bouche. Je voulus crier, mais le bâillon était déjà serré. Il m'enfonçait la langue au fond de la gorge, me faisait suffoquer. Alors que je luttais pour respirer, on me fit basculer et je tombai brutalement sur le derrière. Je tendis instinctivement les bras pour griffer mon agresseur, mais ce dernier en profita pour m'attacher les bras dans le dos avec une corde rugueuse, qui m'entaillait la peau. Mes yeux roulaient dans mes orbites, implorant le capitaine de regarder derrière lui, de voler à mon secours. Je martelai le sol de mes pieds sans parvenir à attirer son attention. Quand je voulus ramper vers lui, le type derrière moi me retint par les cheveux. Puis il posa brutalement une main sur mon front et me cogna l'arrière du crâne sur le sol couvert de pétales de fleurs.

– Laisse tomber, petite garce ! fit-il d'une voix rauque, sans me regarder.

Je m'obligeai à respirer par le nez, mais la panique m'empêchait de prendre assez d'air. Une douleur atroce me vrilla le crâne. Des larmes me piquèrent les yeux et ruisselèrent sur mon visage. Je fixai mon agresseur, essayant de noter des détails, de les mémoriser. Des lunettes noires lui couvraient une grande partie du visage ; il avait une barbe épaisse, comme celle du capitaine, mais noire.

C'est la dernière chose que je distinguai avant qu'il me mette un bandeau sur les yeux.

Enlevée

Deux secondes plus tard, il me balançait dans l'escalier de la cabine comme un sac de linge sale. Je tombai à genoux, puis culbutai vers l'avant, me cognant la tempe contre un truc coupant. Je poussai un cri de douleur et roulai sur le dos ; les muscles de mes épaules se contractèrent lorsque je pesai de tout mon poids sur mes bras douloureux. Je me remis tant bien que mal en position assise. Ma tempe m'élançait furieusement ; je sentais un filet de sang couler derrière mon oreille. Le bateau vira brusquement de bord et le mouvement me propulsa contre une paroi.

J'éclatai en sanglots. Mes larmes trempèrent mon bandeau et mon nez se remplit de morve. Incapable de respirer, je suffoquai sous le bâillon. Mes poumons se contractèrent douloureusement. J'allais mourir. J'allais mourir à force de pleurer.

« Contrôle-toi, Reed. Calme-toi. »

Je toussai plusieurs fois, inspirai un peu d'air, et parvins à dégager mon nez. Puis je restai assise pendant une éternité, m'appliquant à inspirer, expirer, inspirer, expirer, jusqu'à ce que mon cœur retrouve un rythme à peu près normal. Normal pour une personne qui venait de se faire kidnapper en pleine nuit sur une île des Caraïbes, à une heure où personne ne remarquerait son absence avant longtemps...

J'étais vraiment dans de sales draps.

Au-dessus de ma tête, j'entendis des pas et des voix. Manifestement, mon agresseur et le capitaine du bateau étaient complices. Ainsi, même si j'avais réussi à attirer l'attention de Barbe-Rousse, il n'aurait pas levé le petit doigt pour m'aider. En essayant de me rappeler le peu que j'avais vu de leurs visages, je réalisai qu'ils portaient probablement de fausses barbes. Pareil pour les lunettes. Qui étaient ces gens ? Daniel était-il l'un d'eux ? Ce n'était pas absurde : il haïssait Upton, et sa sœur me haïssait. Peut-être avaient-ils décidé de faire d'une pierre deux coups... Rendre Upton fou de chagrin en se débarrassant de moi. Et, pourquoi pas, espérer qu'il irait se faire consoler dans les bras de Paige ? Était-ce pour cela que nous les avions vus rôder près de l'île, sur leur bateau ? Avaient-ils attendu le départ d'Upton pour mettre leur plan à exécution ?

La réalité m'apparut soudain dans toute son horreur. Le type qui s'était fait arrêter pour m'avoir poussée du bateau était un employé des Ryan. Daniel et Paige l'avaient-ils payé pour m'agresser, lui promettant de prendre soin de sa famille s'il ne disait rien à la police ? C'était possible. Les jumeaux pouvaient parfaitement être à l'origine de tous les « accidents » dont j'avais été victime. J'étais sur leur propriété lorsque mon cheval s'était emballé et avait failli me balancer du haut d'une falaise. Ce jour-là, Daniel ou Paige étaient peut-être cachés dans les fourrés... Je chevauchais le jet-ski de Daniel quand il était tombé en panne. Il était le mieux placé pour l'avoir trafiqué. Enfin, je me trouvais sur leur yacht quand Marquis, leur employé, m'avait poussée par-dessus bord. Sans oublier que Sawyer et Taylor les avaient vus se sauver à peu près au même moment...

Comprendre tout cela n'avait rien de réconfortant. Au contraire. Ces psychopathes essayaient de me tuer depuis des jours. Et ce soir, ils avaient réussi à m'entraîner au milieu de nulle part, loin de mes amis. En ne me voyant pas arriver, Upton imaginerait sans doute que j'avais préféré rester à la fête. Et personne, sur l'île privée, ne s'apercevrait de ma disparition avant demain matin.

Mes yeux s'emplirent de nouveau de larmes. Je tentai de les ravaler. Si je voulais survivre, je devais être forte. Qui sait ? Ils n'avaient peut-être pas l'intention de me tuer. Juste de me faire peur. De me jouer un mauvais tour. Si seulement ce pouvait être vrai…

Le bateau fit un nouveau virage à 180 degrés qui m'envoya rouler sur le côté. Ma jambe percuta violemment la paroi. Je hurlai de douleur, mais seul un gargouillis étouffé s'échappa du bâillon. Quelques secondes plus tard, une secousse ébranla le bateau. Le fond racla contre des rochers, ou du sable. On venait de toucher terre.

De nouveaux cris retentirent. Je m'assis bien droite et tendis l'oreille vers le plafond, essayant de distinguer ce qui se disait. Les voix étaient masculines, mais impossible de savoir si l'une d'elles appartenait à Daniel. Je ne percevais qu'une rumeur confuse. Les pas allaient et venaient sur le pont. Quelque chose cogna contre le mur de la cabine. Les deux hommes étaient toujours en pleine conversation quand la trappe au-dessus de ma tête s'ouvrit, laissant entrer l'air frais de la nuit. Je n'entendis distinctement que la fin d'une phrase :

– … Ensuite, trouver un endroit où balancer le corps.

Mon sang se figea dans mes veines. Ce n'était pas une mauvaise plaisanterie. Ces hommes avaient l'intention de me tuer.

Aveugle

« S'il vous plaît. S'il vous plaît, s'il vous plaît... »

J'essayais d'implorer mes ravisseurs, mais mon bâillon ne laissait filtrer qu'un murmure indistinct. L'un d'eux me tira par le bras, et je titubai derrière lui sur le pont. Ma tête me faisait souffrir à plusieurs endroits ; mes genoux et mes cuisses étaient douloureux, contusionnés. Je venais d'entendre un bruit d'éclaboussures, quand on me poussa violemment dans le dos. Je basculai et tombai à genoux dans l'eau. Le deuxième type me remit sur pied et m'appuya une main au creux des reins. Ainsi guidée, je gravis à l'aveuglette une petite pente. Lorsque mes pieds rencontrèrent le sable sec, une nouvelle poussée m'envoya mordre la poussière.

Mes agresseurs éclatèrent de rire. La rage bouillonna dans mes veines. L'un d'eux tira sur le nœud de mon bâillon, qui se détacha. Je roulai en avant, prise d'une quinte de toux, toujours aveuglée par le bandeau. Aucune lumière ne filtrait par les fentes en haut et en bas du foulard noir. Il faisait toujours nuit. Apparemment, nous n'avions pas passé beaucoup de temps sur l'eau.

J'étais fière de moi d'avoir remarqué ce genre de détail. D'avoir essayé d'évaluer ma situation, alors que je craignais pour ma vie.

– Tu veux dire une dernière chose ? m'interrogea l'un des hommes.

Ma gorge se serra. Je savais que c'était Barbe-Rousse qui venait de parler : j'avais reconnu la voix du captaine. Mais je venais de réaliser avec effroi que je l'avais déjà entendue ailleurs. Où ? Je passai en revue tous les hommes que j'avais rencontrés sur l'île, sans résultat. Était-il possible que ce soit Daniel, déguisant sa voix ?

– S'il vous plaît, ne me tuez pas, bredouillai-je, tandis qu'on me tirait de nouveau sur mes pieds.

C'était insupportable de ne pas voir mes ravisseurs. De penser qu'ils n'avaient même pas à me regarder dans les yeux. D'être debout sur une plage, quelque part, sans savoir à quoi elle ressemblait. De ne pas voir l'endroit où j'allais mourir...

– S'il vous plaît. Vous n'êtes pas obligés de...

– Fais-la taire, chuchota l'un des types à son complice. Ça commence à m'énerver.

Je pris une inspiration chevrotante.

– Pourquoi êtes-vous…

La suite mourut dans ma gorge. On venait de m'appuyer un truc dur à l'arrière du crâne. Un déclic m'indiqua que le revolver était armé.

– Non ! hurlai-je.

Une onde de terreur me traversa. Je me mis à trembler, encore plus terrifiée que je ne l'avais été cette fameuse nuit sur le toit de Billings, face à Ariana. Plus terrifiée qu'en découvrant le revolver dans la main de Sabine. Au moins, alors, je savais où j'étais. J'étais entourée de gens qui pouvaient m'aider. À présent, j'étais seule. Aveugle et sans défense. À la merci de mes agresseurs.

Une série d'images défila dans mon esprit. Josh. Thomas. Billings. Noëlle, ma maison à Croton, mes parents, mon frère, mon chien, mon premier vélo, mon premier uniforme de foot, ma tortue – tiens, j'avais oublié que j'avais eu une tortue… – mes poupées, ma couverture de bébé, ma chambre.

Et Upton. Upton en train de m'attendre chez lui, à Saint-Barth. La bouteille de vin, son air impatient. Lorsque je pensais à lui, j'avais l'impression qu'un lion enragé me mettait le cœur en lambeaux.

– J'ai un petit ami très riche ! criai-je. Il vous donnera de l'argent. Il vous paiera une rançon. S'il vous plaît, ne me tuez pas !

Mes ravisseurs se turent, et je sentis mon espoir renaître. Apparemment, j'avais fait mouche.

Puis ils éclatèrent de rire.

– Laisse tomber, ça ne marchera pas, dit l'un des types.

Je notai que celui-là prenait la parole pour la première fois. Son anglais était maladroit, saccadé, comme s'il butait sur les mots. Ce devait être le deuxième homme. Celui qui m'avait bâillonnée et malmenée sur le bateau.

– On a déjà été payés pour te tuer, figure-toi.

Cette phrase me fit l'effet d'un coup de massue.

– Quoi ? soufflai-je.

– Je ne sais pas ce que tu as fait, gamine, mais tu as dû mettre en colère des gens très puissants, commenta Barbe-Rousse.

« Des gens. » Au pluriel. Daniel et Paige. C'était forcément eux. Cette famille était assez dingue pour imaginer un plan pareil. Et assez riche pour le financer. Mais pourquoi ? Pourquoi se donner autant de mal pour se débarrasser de moi ? Dans une semaine, je serais de retour à Easton, et ils n'auraient plus jamais à me voir.

La pression du revolver sur mon crâne s'accentua.

– Attendez ! Upton est millionnaire. Faites-moi confiance : quelle que soit la somme que vous avez reçue, il vous donnera le double.

Je soupirai en sentant la pression du canon se relâcher.

– Réfléchissez une seconde. Vous pourriez obtenir deux fois plus d'argent sans avoir de crime sur la conscience.

Ils baissèrent le revolver et me firent tomber à genoux. Pendant une seconde, je crus qu'ils allaient presser la détente. Je fermai les yeux sous mon bandeau. Je n'arrivais plus à respirer. Mon corps était pris de tressaillements involontaires. Attendre le coup de feu était une véritable torture.

Puis je les entendis s'éloigner. Leurs voix parvenaient jusqu'à moi dans le vent, par bribes. Ils discutaient de ma proposition.

– ... cette gosse... Elle n'aurait jamais...

Je tordis les poignets pour essayer de détendre la corde. Cela ne servit qu'à l'enfoncer plus profondément dans ma chair. Je me mordis les lèvres pour étouffer un gémissement et fis une nouvelle tentative. Je préférais avoir mal, plutôt que mourir.

– ... je propose qu'on en finisse...

Au prix d'un gros effort, je réussis à me remettre debout et titubai le temps de retrouver l'équilibre.

– ... si c'est vrai, on pourrait...

Je fis un pas en avant. Peu importe ce que j'allais trouver devant moi. Ça ne pouvait pas être pire.

– ... Mais cette fa... Hé !

Je me pétrifiai. Deux secondes plus tard, j'avais de nouveau le canon du revolver sur la tête, appuyé contre une de mes nombreuses blessures. La douleur était atroce.

– Où tu vas ? aboya l'homme à l'anglais maladroit.

– S'il vous plaît ! S'il vous plaît, ne tirez pas, sanglotai-je.

– Bon allez ! Si on doit le faire, on ne traîne pas ! grommela Barbe-Rousse.

– Entendu.

J'attendis la détonation, me demandant si j'aurais le temps de sentir la douleur.

Puis il me lâcha.

– On va aller discuter avec ton petit ami millionnaire, annonça Barbe-Rousse. En attendant, essaye de ne pas crever de froid.

Le soulagement m'envahit lorsque je les entendis s'éloigner. Toutes mes angoisses refirent surface, et je me mis à pleurer. C'était parfait pour évacuer le trop-plein d'émotion. J'étais vivante. C'était tout ce qui comptait. Pour le moment, j'étais vivante.

Le moteur du bateau rugit. Je pleurais encore quand son bourdonnement s'estompa dans le lointain. Ils allaient parler à Upton. Upton allait venir me sauver.

Tout allait s'arranger.

Désespoir

Ou pas.

Lorsque le silence retomba, je mesurai combien ma situation était désespérée. Je n'étais pas morte, c'était déjà ça. Mais j'étais debout sur une plage, un bandeau sur les yeux, les mains ligotées dans le dos. On était en pleine nuit, et je ne portais qu'une robe minuscule, qui ne suffisait pas à me protéger du vent froid soufflant de la mer. Je présumai que l'île était déserte. Autrement dit, que personne n'allait me voir et voler à mon secours. En revanche, il y avait peut-être des animaux. Des bêtes énormes, effrayantes, friandes de chair humaine.

Une fois encore, mon pouls s'affola. Ma poitrine se soulevait et s'abaissait au rythme de ma respiration saccadée.

« OK. Tu n'as qu'une chose à faire : te débrouiller pour rester en vie jusqu'à ce qu'Upton paye une rançon à ces types. »

Malgré mes efforts pour retrouver mon calme, mon cerveau moulinait à toute vitesse. À quelle distance étais-je de Saint-Barth ? Combien de temps mes ravisseurs mettraient-ils pour retourner là-bas, trouver Upton, passer un accord avec lui ? Je renversai la tête, essayant de voir quelque chose par la fente minuscule sous le bandeau. Je ne distinguai que mes pieds nus. J'avais perdu mes chaussures. Comme équipement de survie, on fait mieux, mais quand même : j'aurais préféré les avoir. Où étaient-elles tombées ? Sur le bateau ? Dans l'eau ? Je n'en avais aucun souvenir. Je n'avais pas eu le temps d'y penser, tandis que mes ravisseurs discutaient de la meilleure façon de se débarrasser de mon cadavre.

Le vent forcit et je me mis à grelotter. Chaque chose en son temps. Le plus urgent, c'était de retirer ce bandeau, afin d'évaluer ma situation. Puis de trouver un abri. Je m'assis avec mille précautions, les bras toujours ligotés dans le dos, et m'allongeai sur le sable frais. Je posai ma tête dans le sol et glissai d'avant en arrière pour essayer d'arracher le bandeau. Le nœud se détendit légèrement. Pleine d'espoir, je reproduisis le mouvement, inlassablement. Le nœud se relâcha encore et vint appuyer sur une de mes bosses : celle dont j'avais écopé lorsque le type m'avait à moitié assommée, dans le bateau. Dopée par une soudaine vague de haine, je redoublai d'efforts. Lorsque je sentis enfin le nœud remonter sur l'arrière de mon crâne, j'étais en nage.

Au moins, je n'avais plus froid.

Finalement, avec une dernière poussée, le bandeau céda. Soulagée, je m'assis et regardai autour de moi. Grâce aux étoiles et à une grosse lune bien pleine, la nuit n'était pas complètement noire. Je distinguais les contours de la plage, vaste étendue blanche bordée d'une épaisse végétation. Sur ma gauche, une sorte de langue rocheuse avançait dans la mer. À droite, je ne vis que du sable. Du côté de l'océan, rien. Aucune trace de Saint-Barth, ni de l'île où Kiran avait organisé sa fête. Aucun bateau... Seulement de l'eau à perte de vue.

Pour tout équipement, je n'avais que mon bandeau et le bandana qui m'avait servi de bâillon, abandonné dans le sable à quelques mètres de moi. Pas de nourriture. Pas d'eau. Pas de couverture. Pas de tente. Rien, rien, rien.

Le désespoir s'empara de moi. Où aller ? Le sous-bois devait grouiller d'animaux sauvages, et je ne pouvais pas rester assise toute la nuit sur cette plage, en plein vent. Je risquais de mourir de froid, ainsi que l'avait prédit Barbe-Rousse.

Peut-on mourir de froid en une seule nuit ? En venant me sauver, Upton allait-il trouver mon corps raide et sans vie ?

Non. C'était ridicule. On était dans les Caraïbes. Les nuits étaient fraîches, mais pas glaciales. Je me levai pour aller explorer l'orée de la forêt, quand je distinguai du coin de l'œil une tache sombre dans le sable. Quelque chose traînait au bord de l'eau. Je m'élançai et découvris mon sac, mon tee-shirt encore mouillé et une de mes ballerines. Les types avaient dû balancer mes affaires par terre, prévoyant de les enterrer avec moi. Mais ces imbéciles avaient oublié un détail : j'avais mon téléphone dans mon sac !

Je tombai à genoux et me penchai en avant pour essayer de saisir le sac avec les dents. Je ne réussis qu'à l'éloigner. Si je recommençais, je risquais de le pousser dans l'eau, et les vagues l'emporteraient. Je me relevai en jurant et le remontai sur la plage du bout du pied, presque jusqu'à la lisière de la forêt.

– Bon. Et maintenant, je fais comment pour prendre mon téléphone ? marmonnai-je.

Je regardai mes pieds nus. Ça valait le coup d'essayer. Je m'assis dans le sable froid, attrapai le sac entre mes orteils et l'attirai à moi. Puis, le retenant avec la plante d'un pied, j'introduisis l'autre sous le rabat. Il s'ouvrit et se referma aussitôt. Maudite fermeture magnétique !

– Et merde ! criai-je, pleurant de frustration.

C'était ridicule. J'avais besoin de mes mains. Même si j'arrivais à sortir le téléphone du sac, je ne pourrais jamais composer un numéro sur l'écran tactile avec mes orteils pleins de sable. Je me mis à genoux, puis debout, et me dirigeai vers l'avancée rocheuse. Il y avait forcément quelque chose de tranchant là-bas, que je pourrais utiliser pour couper la corde. À mesure que je longeais le rocher, je sentais le désespoir m'envahir. Toutes les pierres étaient émoussées, érodées par les vagues. J'allais renoncer, quand j'aperçus une large tache plus claire sur la paroi. En m'approchant, je découvris une colonie de berniques aux coquilles tranchantes, poreuses comme de la pierre ponce. Je soupirai. Il me faudrait des heures pour me débarrasser de la corde ainsi, mais c'était mon seul espoir.

Je pivotai, posai les mains sur les coquillages et entamai un mouvement de va-et-vient. Les berniques m'écorchèrent la peau. Je me penchai en avant, essayant d'éloigner le plus possible les bras de la surface coupante, et me remis au travail. Je m'égratignai encore régulièrement, et chaque fois, la brûlure était plus vive. Je continuai cependant, les dents serrées. Il me semblait parfois que la corde se détendait ; mais j'avais beau tirer de toutes mes forces, elle refusait de céder.

Au bout d'un long moment, épuisée, je m'éloignai du rocher et tirai sur mes poignets de toutes mes forces. J'avais l'impression qu'on tentait de les sectionner avec un couteau de boucher. Je hurlai et tirai de plus belle, jusqu'à ce que la douleur devienne insoutenable.

Sans résultat.

Mon cri effraya une dizaine d'oiseaux perchés sur un arbre à l'orée du bois. Je frémis en me rappelant que je n'étais pas seule, et me remis au travail. Je n'avais pas le choix : j'avais besoin de mes mains, et c'était le seul moyen de les libérer.

Deux minutes plus tard, la cordelette tomba à mes pieds. J'étais libre !

J'examinai mes bras. Mes poignets portaient de vilaines coupures sanglantes, et mes avant-bras étaient couverts d'égratignures. Les blessures me picotaient, mais c'était un détail. J'étais libre ! Je fis demi-tour et courus jusqu'à mon téléphone. Je tombai à genoux devant mon sac, l'ouvris et renversai son contenu par terre. Et là, mon cœur sombra. Le téléphone n'était pas là.

Non ! Non ! Non !

J'écartai le brillant à lèvres, le poudrier compact, la boîte de Tic-Tac. Comme si un iPhone pouvait se cacher derrière ces bricoles. Évidemment, il n'était pas là. Mes ravisseurs avaient été assez malins pour l'emporter. Je ne pouvais pas appeler mes amis à la rescousse. Je n'avais plus qu'à attendre.

Je levai mes poignets entaillés et pris une profonde inspiration. Tout ce travail, toute cette douleur, tout ce sang… Pour rien.

Je me tournai vers l'océan, ramenai mes genoux sous le menton et me mis à pleurer.

Échouée

Le bateau fendait allégrement les vagues. Appuyée au bastingage, dans ma petite robe rouge, je contemplais la mer des Caraïbes. Une brise fraîche soufflait sur mon visage. Je renversai la tête et mes cheveux chatouillèrent la peau nue de mon dos. J'étais libre. En paix. Parfaitement heureuse.

– Tu es la fille la plus belle que j'ai jamais vue.

Je souris à Thomas Pearson, qui venait de s'accouder près de moi. En jean et tee-shirt blanc, il était beau à tomber. Beau, bronzé, jeune, et vivant ! Derrière lui, le soleil descendait rapidement vers l'horizon, mais cela m'était égal. Thomas était là, une main au creux de mes reins. Je posai la tête sur son épaule et respirai son odeur propre, musquée.

– Je t'aime, Reed. Tu es la seule fille que j'ai jamais aimée.

– Je sais, lui avouai-je en relevant la tête. Tu me l'as déjà dit.

Thomas sourit, puis regarda derrière moi.

– Salut, mec.

Je pivotai. C'était Josh. Ses cheveux bouclés dansaient dans le vent, et il portait ce pull vert à col roulé que j'aimais tant. Celui qui mettait ses yeux en valeur. C'était le crépuscule à présent ; le ciel avait pris une belle teinte violet sombre ; les étoiles s'allumaient au-dessus de nos têtes.

– Salut, fit Josh.

Il se pencha et effleura mes lèvres. Je me sentis fondre.

– Toi aussi, tu m'aimes, affirmai-je.

– Bien sûr que je t'aime, dit-il en me passant une main dans les cheveux. Seulement, j'ai dû faire ce qui était juste. Tu le sais.

– Elle le sait. Ne t'inquiète pas, tout va bien, intervint Upton, qui venait de nous rejoindre.

Il se glissa entre Thomas et moi. Thomas s'écarta de bon gré, levant les mains en signe de reddition.

– Je prends soin d'elle, ajouta Upton. Soyez tranquilles.

Il me prit la main et nos doigts s'emmêlèrent. Le ciel était noir. Des milliers d'étoiles scintillaient là-haut, tels de gros diamants.

– J'en veux une, déclarai-je.

– Je vais te la chercher, proposa Upton.

– Non. C'est bon. Je devrais y arriver…

Je grimpai en équilibre sur le bastingage et tendis le bras le plus loin possible. Une étoile était accrochée vraiment bas, juste au-dessus de moi. Je pouvais presque l'attraper. Je me hissai sur la pointe des pieds – allez savoir pourquoi, je n'avais qu'une chaussure – et m'étirai au maximum…

– Reed, qu'est-ce que tu fais ? me demanda Thomas, amusé.

– Arrête ! Tu vas tomber, me prévint Upton.

Josh lui donna une tape dans le dos.

– Laisse-la faire, mec. Quand elle a décidé un truc, c'est impossible de lui faire changer d'avis.

J'allais leur reprocher de parler de moi comme si j'étais absente, lorsque mes pieds glissèrent. Paniquée, je tendis les mains pour essayer de me rattraper à quelque chose, n'importe quoi, mais il n'y avait rien. Je poussai un hurlement de terreur et plongeai, sous le regard consterné des trois hommes de ma vie. C'est alors que j'aperçus la silhouette encapuchonnée. Elle était là, juste derrière eux, et me fixait d'un air triomphant.

La peur me paralysa. Cette fois, j'en étais sûre, mon mystérieux agresseur irait jusqu'au bout. Je n'en sortirais pas vivante.

– Upton ! Retourne-toi ! criai-je. Il est là !

À la seconde suivante, l'océan m'engloutit.

Je n'arrivais pas à respirer. J'avais beau me débattre, je continuais à m'enfoncer. L'eau, épaisse et visqueuse, ressemblait à des sables mouvants. Mes muscles fatiguaient déjà. Je luttais avec l'énergie du désespoir pour remonter à la surface. Quand j'y parvins enfin, j'inspirai à fond. Je voulus appeler au secours, mais Upton, Josh et Thomas avaient disparu. Seule la mystérieuse silhouette me contemplait depuis la poupe du bateau. J'aurais donné n'importe quoi pour savoir qui c'était. Pour voir son visage…

Alors, l'inconnue se mit en mouvement. Ses mains blanches et fines retirèrent sa capuche, dont s'échappa un torrent de cheveux blonds. Mon sang se figea dans mes veines.

C'était Ariana ! Après tout ce temps, elle n'avait pas renoncé à me tuer. Un fin sourire flottait sur ses lèvres. Ses yeux bleus glacés me transperçaient.

J'allais crier, quand une chose froide et gluante m'emprisonna la cheville et me tira vers le fond. Ma bouche, puis mes poumons se remplirent d'eau salée. Mon cœur explosa. Et tout cela, sous le regard impassible d'Ariana.

Je m'assis en suffoquant, transie de froid, et me frottai les bras pour tenter de calmer mes tremblements. Le soleil s'était levé, mais il n'était pas encore assez haut pour me réchauffer.

Je m'efforçai de chasser ce rêve de mon esprit. Je n'étais pas en train de me noyer. Je n'étais pas morte. Ariana n'était pas là.

Mais Upton non plus. Ni Josh. Ni Thomas.

Je n'étais pas morte. Je ne me noyais pas. Mais j'étais toujours seule. Échouée.

Karana

Mon ventre gargouillait. Je n'avais rien mangé à la fête la veille au soir, trop excitée à la perspective de ma soirée avec Upton pour penser à m'alimenter. Cela me servirait de leçon : toujours se nourrir pendant une fête, au cas où on se ferait kidnapper...

Je me forçai à rire, comme pour me convaincre que ma situation n'était pas totalement désespérée, et je me mis debout. Sans téléphone et sans montre, je n'avais aucune idée de l'heure, mais le soleil était encore bas. Il devait être tôt. Y avait-il quelque chose à manger sur cette île ? Un arbre fruitier, un arbuste couvert de baies comestibles ? Je pouvais toujours chercher, ça m'occuperait en attendant qu'Upton débarque avec la cavalerie.

J'espérais qu'il était déjà en route. Avait-il accepté de payer une rançon à ces types ? Oui, forcément. L'argent n'est rien quand la vie d'une personne est en jeu. Surtout une personne qu'on aime. Pas vrai ?

Je regrettai soudain de le connaître seulement depuis une semaine.

Non, je ne pouvais pas raisonner ainsi. Je n'avais aucune raison de douter d'Upton. Il ferait le nécessaire pour me tirer de là. Aussitôt alerté, il volerait à mon secours.

Le tee-shirt mouillé traînait toujours sur la plage, roulé en boule. Je le secouai pour en retirer le sable, puis je le mis à sécher sur un rocher plat, au soleil. Si le vent se levait, une autre couche de vêtement ne serait pas superflue. Je pris ensuite mon miroir dans mon sac pour examiner ma tempe. J'avais une coupure au-dessus de l'oreille et les cheveux collés, pleins de sang séché. Je grimaçai, effleurai la blessure du bout des doigts. Il me sembla qu'elle avait commencé à cicatriser.

J'attachai mes cheveux emmêlés avec le bandana qui m'avait servi de bâillon. Puis je ramassai le reste de mes affaires : mon sac, ma chaussure et le bandeau, que je cachai sous un rocher, près des arbres. Personne ne risquait de me les voler, mais au moins, ils seraient à l'abri des intempéries.

Avant de partir à l'aventure, je me ravisai et décidai d'emporter la chaussure et le bandeau. Si je trouvais de l'eau, je pourrais utiliser le tissu pour nettoyer ma plaie.

Et si je voulais casser une noix de coco, par exemple, le talon de la chaussure me serait bien utile.

Y avait-il seulement des noix de coco, ici ?

Je m'armai de courage et me mis en route. Je longeai la ligne des arbres, à la recherche de fruits, ou de n'importe quel truc comestible. Il n'y avait que des feuilles. Toutes sortes de feuilles : grandes et plates, petites, incurvées, jaunes, rugueuses... La plage se rétrécissait à mesure que j'avançais ; les vagues se brisaient de plus en plus près de moi. Un mur de rochers me barra bientôt le passage. Pour le franchir, j'allais devoir escalader. Je me dressai sur la pointe des pieds afin de voir de l'autre côté, mais la paroi était juste un peu plus haute que moi. Je me tournai vers mon campement. Le tee-shirt bleu formait une petite tache de couleur sur la plage. J'avais déjà parcouru une bonne distance. Autant aller voir à quoi ressemblait cette île. Qui sait ? Il y avait peut-être un Club Med avec open bar et barbecue à volonté de l'autre côté de ces rochers...

Mon estomac gronda de nouveau. Je nouai le bandeau autour de mon poignet, pris ma chaussure entre mes dents et commençai à grimper. Les rochers étaient mouillés, glissants, mais les prises et les fissures ne manquaient pas. Je ne dérapai qu'une seule fois, cognant mon coude contre un angle coupant, mais la douleur ne me ralentit même pas. Je commençais à m'endurcir.

Parvenue au sommet, je hissai les genoux sur la surface irrégulière et me dressai sur mes pieds.

Il n'y avait pas de Club Med. Et ce que j'avais pris pour un mur de rocher était en réalité une vaste étendue rocheuse battue par les vagues. Inutile d'aller plus loin. Ce n'était pas là que je trouverais de la nourriture et un abri.

Découragée, j'étudiais le moyen le plus simple de redescendre sur la plage, quand j'aperçus un tas de bois flotté, prisonnier d'une flaque non loin de moi. Les planches étaient lisses et plates ; on aurait dit les débris d'un navire naufragé, ou d'un radeau. J'en soulevai une sans savoir précisément à quoi je pourrais l'employer ; je la traînai jusqu'au bord de la saillie rocheuse, la balançai dans le sable en contrebas avec ma chaussure, puis descendis à mon tour.

Je regagnai ma petite plage en longeant l'eau. La marée charriait des milliers de coquillages. Par moment, j'en ramassais un et je l'inspectais avant de le rejeter à l'eau.

J'eus une pensée pour Sawyer. Savait-il ce qui m'arrivait ? Mes ravisseurs avaient-ils trouvé Upton ? Et si oui, avait-il prévenu mes amis, ou préférait-il garder le silence sur cette affaire ?

Noëlle ne se lèverait pas avant plusieurs heures. Combien de temps lui faudrait-il pour s'apercevoir de ma disparition ? Pour comprendre que je n'étais pas avec Upton ? Je me rappelai soudain ce qu'elle m'avait souhaité en trinquant, la veille au soir. Une année sans drame. C'était carrément mal parti.

Mes yeux s'emplirent de larmes ; je tentai de les ravaler. L'eau projetait des coquillages sur mes pieds et contre mes chevilles, puis les emportait à nouveau. J'en ramassai un gros, tout plat.

Au collège, l'un de mes livres préférés était *L'île des dauphins bleus*. L'héroïne du roman, une jeune Indienne prénommée Karana, marquait le temps passé sur une île déserte en utilisant un coquillage et une petite planche de bois. C'était peut-être pour cela que j'avais ramassé ce morceau de bois flotté que je tenais sous mon aisselle. Inconsciemment, j'avais pensé à Karana.

Le coquillage à la main, je remontai vers le haut de la plage. Je m'assis dans le sable et traçai une ligne blanche dans le bois. Un matin. Mon premier matin sur l'île. Avec un peu de chance, ce serait le dernier.

Dans un sens positif, bien sûr.

Je me redressai sur les coudes et scrutai l'eau, à l'affût du voilier d'Upton, du *cruiser* de M. Lange, ou de n'importe quoi, en fait. Si je quittais cette île un jour, je démasquerais les criminels qui avaient payé ces hommes pour me tuer. Je témoignerais au tribunal, je ferais le nécessaire pour qu'ils passent la fin de leurs jours en prison. Après quoi, je profiterais pleinement de la vie. Je sortirais diplômée d'Easton avec mention et j'étudierais à Harvard. Je ferais de brillantes études universitaires, sans oublier de m'amuser avec mes amis. Je prendrais des risques, et je dirais oui à tout. Sauf à des vacances dans les Caraïbes. Pour ça, j'étais vaccinée.

Et je mangerais. Je deviendrais grosse. Énorme. J'aurais l'estomac plein en permanence. J'imaginai mon premier repas, de retour à Saint-Barth. Les burgers de chez Shutters n'étaient pas mauvais. J'en commanderais un. Non, dix ! Dix burgers, des frites et un milk-shake au chocolat.

Mon estomac gronda furieusement. Je posai une main sur mon ventre pour l'apaiser.

« S'il vous plaît, faites qu'Upton vienne me chercher aujourd'hui, priai-je en regardant la ligne sur la planche. Je veux rentrer à la maison. »

Mais il ne vint pas. Ni lui ni personne.

Orage

La pluie arriva sans prévenir. Je dormais sur la plage, recroquevillée sur moi-même à la lisière des arbres, quand je fus mitraillée par des milliers de gouttes d'eau glacée. Je me réveillai, rassemblai mes affaires et pénétrai dans la jungle en titubant, dans un état de semi-conscience.

Le ciel était gris, signe que c'était le matin. Mon troisième matin. Dès que j'aurais trouvé un endroit où m'installer – si je trouvais un refuge –, il faudrait que je trace une nouvelle ligne sur ma planche. L'eau froide ruisselait dans mon dos. Je regardai autour de moi, à l'affût de n'importe quel abri. Sous les arbres, les gouttes étaient moins agressives, mais je me faisais quand même tremper. Je fis quelques pas hésitants, écrasant les feuilles et les brindilles. Le sous-bois était si dense, si touffu que je ne voyais pas mes pieds nus. Il n'aurait plus manqué que je marche sur un truc coupant : un coquillage ou un rocher. Ou pire : un insecte, un serpent ou une araignée venimeuse. Cette pensée m'emplit d'effroi et je me figeai. Je restai immobile un long moment à écouter la pluie tambouriner sur les feuilles cirées.

Un bruissement de feuillage me fit sursauter. Je pivotai brusquement. Une branche derrière moi oscilla. Un autre bruit résonna sur ma gauche. Je me tournai, mais ne vis rien. Quelque chose me frôla le pied.

Je poussai un petit cri et sautai en l'air.

Le tonnerre se mit à gronder et la pluie redoubla de violence. Je regardai au-dessus de moi, des larmes plein les yeux. J'avais deux options : trouver un arbre pour me cacher dessous ou retourner sur la plage, à la merci des éléments déchaînés.

«Tu te fais des idées», me dis-je en bombant le torse.

Je serrai mes maigres possessions dans mes bras. Que disait mon père, déjà, quand j'étais petite et terrifiée par les araignées dans la cave ?

« Elles ont plus peur de toi que tu n'as peur d'elles. »

Exact. Les créatures qui peuplaient cette île avaient sûrement peur de moi. Et pour cause : elles ne devaient pas voir beaucoup d'humains. Pour elles, j'étais un monstre effrayant. Du moins, je l'espérais.

Un éclair aveuglant fut aussitôt suivi par un roulement de tonnerre si violent que le sol trembla. Je me décidai à me remettre en mouvement.

Après quelques minutes de marche prudente, je débouchai dans une petite clairière entourée de grands arbres. L'un d'eux avait des branches épaisses, couvertes de lianes. Le sol au-dessous était à peu près sec, comparé à la boue dans laquelle je pataugeais. Je me faufilai sous les branches et m'assis, le dos contre le tronc. Je soupirai. Je ne m'étais pas aperçue que je retenais mon souffle.

« Eh bien, voilà ! J'en étais capable. Je pouvais survivre. »

Je posai la planche par terre devant moi et sortis le coquillage de mon sac trempé.

– Je n'y crois pas, dis-je à voix haute. Trois matins. Pourquoi suis-je encore ici ?

Trois matins sans manger. Sans boire. Sans personne à qui parler. Combien de temps allais-je pouvoir continuer ainsi ?

« Arrête ça ! me commandai-je. Arrête tout de suite. »

Je n'allais pas commencer à m'apitoyer sur mon sort. Je venais de me trouver un endroit sec pour attendre la fin de l'orage. C'était presque un luxe. J'enfonçai le coquillage dans le bois et traçai une troisième ligne. J'aurais dû être fière d'avoir survécu à ces derniers jours. Fière d'être encore ici pour tracer ces lignes. Fière de...

Un nouveau bruissement m'arracha à mes pensées. Je tressaillis et scrutai la forêt. Un craquement résonna. Puis un autre... Malédiction ! Il y avait quelque chose, là-bas, dans les broussailles. Ça venait par ici. Je lâchai le coquillage et ramassai la planche. Est-ce que je devais courir ? Si je détalais, cette créature me prendrait-elle en chasse ? Un coup d'œil à la végétation me confirma qu'il était trop tard. La chose arrivait trop vite ; elle fonçait vers moi à travers les broussailles. Je collai le dos contre le tronc rugueux, rapprochai le plus possible mes genoux de mon buste et soulevai la planche comme une batte de base-ball.

J'allais devoir me battre. La créature n'était plus qu'à un mètre.

« S'il vous plaît, faites qu'elle n'ait pas des dents tranchantes. »

Soixante centimètres.

« Je n'y arriverai jamais… »

Trente centimètres. Je voulais fermer les yeux, mais je n'en étais même pas capable. Je devais me défendre ; il n'y avait personne d'autre ici pour le faire.

Les broussailles s'immobilisèrent. On n'entendait plus que le battement de la pluie sur les feuilles. Est-ce que j'avais rêvé ? Peut-être qu'il n'y avait rien. Je me détendis un peu.

Et soudain, quelque chose se jeta à mes pieds.

Je poussai un hurlement, bondis et faillis m'assommer contre une branche. J'allais mourir. Cette chose allait me dévorer.

Je regardai le sol et me figeai. Un lézard vert jaunâtre, de la taille d'un chaton, me regardait d'un œil inquisiteur, la tête légèrement inclinée. Sa petite langue rose sortait et rentrait par intermittence. Il était très mignon. Mais ça ne voulait pas dire qu'il n'était pas méchant. Ou venimeux. Voire carnivore.

– Euh, salut ! dis-je tranquillement. Désolée de t'avoir dérangé, mais... Tu veux bien t'en aller, maintenant ?

Le lézard tourna la tête, me regarda avec son autre œil, puis disparut dans la forêt.

Avec une lenteur infinie, je me rassis, encore tremblante. Je posai la tête entre mes genoux, arrondis les épaules et me mis à rire. Je ris pendant au moins dix minutes, jusqu'à ce que mes côtes me fassent mal, que des larmes ruissellent sur mon visage. Lorsque je retrouvai mon calme, je me sentais beaucoup mieux, mais totalement lessivée.

J'enlaçai mes genoux, posai une joue sur mes bras et regardai les trois petites lignes sur ma planche.

– Upton, tu as intérêt à te pointer aujourd'hui, chuchotai-je. Je te donne encore une journée. Après, il faudra qu'on discute sérieusement de l'avenir de notre relation.

Bonne à rien

Cinq lignes. Cinq petites lignes blanches sur une planche de bois flotté. Cinq matins sans nourriture. Sans abri. Cinq matins sans nouvelles d'Upton Giles, le mec qui prétendait m'aimer…

J'avais vraiment cru qu'il viendrait me sauver. Qu'il payerait une rançon à mes ravisseurs et volerait à mon secours. Apparemment, je m'étais trompée. Que s'était-il passé ? Le saurais-je seulement un jour ? Étais-je condamnée à mourir de faim et de soif sur cette île maudite, sans connaître le fin mot de l'histoire ?

À force de me lamenter, je commençais à me fatiguer toute seule. Mais bon, je n'avais personne d'autre à qui parler. Si on ne pouvait pas se plaindre dans une situation pareille, alors quand ?

Pourquoi n'avais-je pas pris ce vol commercial pour Atlanta ? J'aurais dû écouter mon instinct et décamper.

Au lieu de ça, j'avais laissé Noëlle et Upton – deux personnes qui se fichaient éperdument de moi – me convaincre de rester à Saint-Barth. Sur cette île où la mort me guettait à chaque tournant.

Le jour venait juste de se lever. J'étais assise à la lisière des arbres dans ma robe rouge, sale, froissée et couverte de boue. Je venais de retirer le tee-shirt qui m'avait servi de couverture pendant la nuit et j'avais noué le bandana sous mon menton en guise de foulard. La veille au soir, j'avais essuyé une nouvelle averse. Je m'étais réfugiée dans les bois à la recherche de mon arbre, en vain. Incapable de le retrouver, j'avais erré au hasard, en buvant les minuscules flaques d'eau qui se formaient au creux des feuilles. Mon estomac s'était aussitôt révolté et j'avais vomi, à genoux sur la terre humide.

Depuis que j'étais sur cette île, le sort semblait s'acharner contre moi. J'avais passé des heures à essayer d'allumer un feu avec mon miroir, sans succès. Lorsque j'avais voulu harponner de petits poissons à l'aide d'une branche, sur la saillie rocheuse, j'avais perdu l'équilibre et fait une chute spectaculaire. Inutile de préciser que j'étais rentrée bredouille ! Je cédais régulièrement au désespoir en pensant à Upton, à mes parents, à Josh, et je fondais en larmes à la moindre occasion. Hier, blottie sous un arbre lugubre qui ne me protégeait même pas de la pluie, tremblant de façon incontrôlable, j'avais même espéré que mes ravisseurs allaient revenir.

Puisque j'étais condamnée à mourir ici, autant que ce soit rapide.

Où étaient-ils passés, ces deux-là ? Si Upton avait refusé de payer la rançon, ils étaient peut-être allés trouver la personne qui les avait engagés pour lui dire que j'étais morte. Ils avaient empoché leurs gages et m'avaient oubliée. Pourquoi pas ? J'étais quasiment morte. À quoi bon gaspiller du carburant pour venir m'achever ?

Je regardai mes bras couverts de coups de soleil et pinçai les lèvres pour essayer de contenir mon émotion. Je me décevais. J'avais toujours cru que j'étais forte. Une battante. Mais aujourd'hui, j'étais impuissante et désespérée. Je n'avais même pas été capable d'allumer un feu, ou de trouver un abri. Je n'avais rien mangé depuis cinq jours. Dans les films, quand les gens se retrouvent dans cette situation, ils se découvrent des talents insoupçonnés. Ils fabriquent des haches avec des pierres tranchantes, se construisent des cabanes en branchage. Ils apprennent à pêcher, à vider et cuire les poissons. Ils trouvent même le moyen de se distraire en balançant des cailloux, en chassant des crabes ou en explorant des grottes.

Tandis que moi, j'étais rongée par l'ennui. J'étais affamée, fatiguée, terrifiée, affaiblie, incapable. Personne ne m'aimait ; j'étais couverte de cloques, crasseuse. Au bout du rouleau.

Je fixai le tas de bois flotté que j'avais empilé pour faire un feu. Il était déformé, blanchi par le soleil. Lorsque je plissais les yeux, j'avais l'impression de voir un tas d'ossements.

Voilà à quoi je ressemblerais, si quelqu'un me retrouvait un jour.

Je ne serais plus qu'un tas d'os blancs, séchés au soleil.

Un revenant

Six lignes blanches. Six. Incroyable ! La veille au soir, je m'étais endormie persuadée que je ne verrais plus jamais le jour se lever. Et pourtant, je m'étais réveillée ce matin, encore en vie. Pour moi, cela tenait du miracle.

Une belle journée s'annonçait dans les Caraïbes. Lumineuse, ensoleillée. À Saint-Barth, les touristes devaient se réjouir de ce temps superbe. Pas moi ! J'aurais donné n'importe quoi pour apercevoir un nuage. Ma peau pelait. J'essayais de la protéger au maximum, mais je grelottais dès que je mettais un pied à l'ombre. J'étais frigorifiée à l'intérieur, et écorchée à l'extérieur. Mes lèvres étaient crevassées et couvertes d'ampoules. J'avais la gorge sèche et le derrière douloureux à force de rester assise. Je décidai d'aller me promener. J'en avais marre de regarder l'océan. Qui sait, il était peut-être différent, de l'autre côté de l'île… Je me levai, gardant mon tee-shirt sur moi pour me protéger du soleil, et fis quelques pas.

Je fus surprise de constater que mes jambes me portaient encore. Après six jours sans nourriture, mes muscles fonctionnaient toujours. J'avais juste la démarche un peu chancelante. Je longeai la plage en m'efforçant de garder mon équilibre, et regardai autour de moi, assez fière. J'étais encore vivante. Ha ! Écoutez ça, mes kidnappeurs ! J'étais encore en vie ! Je m'étais toujours trouvée un peu ronde. En ce moment, mon corps devait consommer toutes les graisses qu'il avait stockées... Comme quoi, avoir un gros derrière est une bonne chose, finalement ! Il faudrait l'écrire dans les magazines. À quoi bon les régimes ? À quoi bon rester svelte ? Si vous vous faites kidnapper un jour, vos rondeurs pourraient bien vous sauver la vie !

Une légère brise souffla mes cheveux dans mon visage, et je fus prise d'un soudain vertige. Je tendis les bras devant moi et tombai lourdement sur les fesses. Une onde de douleur se propagea dans ma colonne vertébrale. Je clignai des yeux plusieurs fois, essayant de reprendre mes esprits, avant d'éclater de rire. Un minuscule coup de vent m'avait renversée. C'est dire si j'étais mal en point ! Je m'allongeai sur le ventre, pliai les bras et posai le front sur mes avant-bras. L'arrière de mes jambes était plus clair. C'était l'occasion d'harmoniser mon bronzage.

Je redoublai d'hilarité. À force de hoqueter, je fus prise d'une quinte de toux. Je suffoquais. Mes poumons me brûlaient. Est-ce que c'était ça, mourir ? Je tentai de me redresser sur les coudes, mais mes muscles refusèrent d'obéir et je m'affalai. La quinte de toux suivante m'emplit la bouche de sable. Je suffoquai, roulai sur le côté et crachai. Prise de convulsions, j'attirai mes genoux à ma poitrine. Les larmes ruisselaient sur mon visage.

J'étais en train de mourir.

– Reed.

Je clignai des yeux et me couvris la bouche d'une main pour essayer de calmer ma toux. J'avais dû rêver. Je n'avais pas pu entendre mon prénom…

– Reed.

Je fermai les yeux. J'avais des hallucinations, maintenant. Il ne manquait plus que ça. J'étais vraiment en train de perdre les pédales.

– Reed. Lève la tête. Regarde-moi.

C'était Thomas ! Thomas était là, qui m'appelait. Preuve que j'étais morte.

– Allez, Nouvelle, reprit-il d'une voix taquine. Je sais que tu en es capable.

Je m'allongeai de nouveau sur le ventre et regardai dans la direction de la voix. À la lisière des arbres, à quelques mètres de là, des yeux bleus me contemplaient. Les yeux de Thomas. J'en restai bouche bée.

Était-ce Dieu qui l'avait envoyé jusqu'ici pour me conduire au paradis ? Si oui, c'était vraiment sympa. Non, attends ! Thomas ne pouvait pas être au paradis. Il était menteur, colérique et dealait de la drogue. Mince ! Était-il venu pour m'accompagner en enfer ?

– Tu n'es pas morte, Reed. Viens par ici.

– Je ne peux pas...

J'avais les bras en guimauve, du sable dans la bouche, dans le nez, et jusque sur les cils.

– Bien sûr que si ! insista-t-il. Tu peux tout faire, Reed. Je t'ai observée. Tu n'imagines pas à quel point tu es forte.

– Mais je...

– Allez, amène-toi par ici ! s'impatienta-t-il. J'ai un truc à te montrer...

Cette histoire commençait à m'intriguer. Mon ex-petit ami mort voulait me montrer quelque chose. Ce n'est pas le genre de proposition qu'on peut refuser. Je glissai les mains sous mon buste et me repoussai de toutes mes forces pour me mettre à genoux. Je fus aussitôt prise d'un violent vertige, qui mit une éternité à se dissiper. Finalement, ma vue s'éclaircit, je distinguai de nouveau les formes et les couleurs. Thomas était toujours là, tapi sous un fourré, fixant ses yeux bleus sur moi. Je battis des paupières, étonnée. Comment pouvait-il être aussi près du sol ?

Je me déplaçai à quatre pattes en criant son nom :

– Thomas ? Qu'est-ce que tu fabriques ? Je n'ai pas la force de jouer à cache-cache.

J'écartai les branches du buisson et faillis m'étrangler. La tache bleue que j'avais aperçue… Ce n'était pas les yeux de Thomas, mais l'étiquette d'une bouteille d'Évian. Je tendis la main. Je m'attendais à la voir disparaître, mais non. C'était une véritable bouteille d'eau. Une bouteille pleine.

Comment était-ce possible ? Cette île était déserte. Je n'avais pas vu âme qui vive : pas un bateau, rien, depuis six jours. Cette bouteille était forcément un mirage. Dans ce cas, c'était une hallucination vraiment puissante, car je sentais le contact du plastique sous mes doigts.

– Ce n'est pas réel, protestai-je.

– Mais si !

Thomas était tout près de moi à présent. J'entendais sa voix dans mon oreille.

– Non. Ce n'est pas possible.

Mon visage était baigné de larmes.

– Et toi non plus, tu n'es pas réel. Je suis en train de devenir folle.

– Pas du tout. Vas-y, bois, me conseilla Thomas. Mais prends des petites gorgées, sinon tu vas encore vomir.

Je dévissai le capuchon avec des mains tremblantes. J'entendis le déclic lorsqu'il se détacha de la bande de plastique. Je n'avais jamais désiré quelque chose aussi fort de toute ma vie, mais j'avais peur de voir la bouteille disparaître lorsque je l'approcherais de mes lèvres.

– Attends. Je vais t'aider, proposa Thomas.

Il souleva la bouteille jusqu'à ma bouche et l'inclina. De l'eau fraîche coula sur mes lèvres crevassées et dans ma gorge. Le soulagement fut instantané. J'avais envie de tout boire d'un coup, mais je me rappelai le conseil de Thomas et m'arrêtai. Je ne voulais pas vomir. Non seulement ça, mais je devais faire durer la bouteille le plus longtemps possible. Je la baissai et repris mon souffle, avant de m'autoriser une nouvelle gorgée. Je me mis à pleurer des larmes de joie. De soulagement.

Bénis soient les gens qui sèment des détritus !

Attends ! Des gens ? Des détritus ? Cela signifiait que quelqu'un était déjà venu sur cette île ! Que des gens y accostaient parfois. Qu'ils connaissaient son existence. Et s'ils étaient déjà venus, peut-être reviendraient-ils... Ainsi, même si mes ravisseurs m'avaient laissée pour morte, même si Upton m'avait abandonnée, même si Noëlle avait renoncé à me retrouver, tout n'était pas perdu.

Je cherchai Thomas. J'avais envie de partager la bonne nouvelle avec lui, mais il avait disparu.

Bien sûr qu'il avait disparu ! Il n'avait jamais été là.

Je contemplai la bouteille, le capuchon que je serrais dans ma main sale et écorchée. S'il n'avait jamais été là, comment avais-je trouvé ce truc ?

Je frissonnai et je regardai autour de moi.

– Merci, Thomas, dis-je, au cas où. Ça me fait plaisir que tu veilles sur moi…

Je rebouchai la bouteille et me levai, décidée à me mettre en quête de nourriture. Pas question de finir comme Thomas. Je n'allais pas laisser un psychopathe sadique me supprimer prématurément. J'allais trouver un moyen de quitter cette île. Et si je devais mourir en chemin, au moins, ce serait selon mes conditions.

Blanche-Neige

Je longeai la plage en direction du nord, plus loin que je ne m'étais aventurée les jours précédents. Si des gens avaient perdu une bouteille d'eau, ils avaient pu laisser tomber autre chose… Qui sait : peut-être étaient-ils encore là, quelque part. Peut-être allais-je tomber nez à nez avec un groupe d'étudiants qui campait sur la plage. Ils auraient de la nourriture. De l'eau. Et un bateau…

On pouvait toujours rêver.

Je cheminais sur mes jambes flageolantes, scrutant tour à tour le feuillage des arbres en quête de fruits, et la plage, où j'espérais découvrir d'autres provisions abandonnées. Un paquet de chips, par exemple. L'idéal aurait été un sac McDo plein à craquer.

Là-bas, une branche s'incurvait au-dessus de la plage comme un arc. De plus près, je compris pourquoi : elle était chargée d'une multitude de petites pommes vertes.

Je lâchai ma bouteille d'eau dans le sable et m'élançai en courant, dopée par la joie. En même temps, je me maudissais. Pourquoi n'étais-je pas venue ici plus tôt ? J'aurais pu me gaver de fruits au lieu de crever de faim.

Je cueillis une pomme. Mon estomac gargouilla. J'imaginais déjà le jus sucré coulant dans ma gorge. Un délice !

J'allais croquer dans le fruit, quand j'aperçus le tronc de l'arbre. J'eus aussitôt une vision du mancenillier dans le jardin des Ryan, avec son écorce grise, ses feuilles luisantes, ses fruits vert jaunâtre. La pomme me tomba des mains. C'était le même arbre. Je fis demi-tour et piquai un sprint jusqu'à l'océan. Je me laissai tomber à genoux, plongeai les mains dans l'eau et les frottai énergiquement. Mme Ryan m'avait prévenue que le seul fait de toucher la sève pouvait être mortel.

J'avais failli manger une pomme empoisonnée.

Pour qui je me prenais ? Pour Blanche-Neige ?

Toute tremblante, j'examinai mes doigts. Ils étaient intacts. Desséchés et crevassés, mais intacts. Ma chair n'était pas en train de fondre, ni de se détacher de mon corps. Les vagues trempaient l'ourlet de mon tee-shirt et ma robe, mais pendant un long moment, je restai immobile, laissant mon pouls se calmer.

J'étais saine et sauve. Toujours tendue comme une corde, toujours affamée, mais vivante.

Je me levai lentement. Une pensée venait de prendre forme dans mon esprit. Si je ne pouvais pas manger ces pommes, je pouvais peut-être les employer d'une autre manière...

Je remontai sur la plage et ôtai le bandana qui me servait de foulard. En nouant les coins libres ensemble, je confectionnai un petit sac. Je détachai ensuite le bandeau de mon poignet et l'utilisai pour protéger ma main, tandis que je ramassais autant de pommes que le sac pouvait en contenir. Après quoi, je récupérai ma bouteille sur le sable et regagnai ma petite plage.

Si mes ravisseurs revenaient, je serais prête à les accueillir.

Ripoux

Le soleil se couchait. Perchée sur l'avancée rocheuse qui bordait la plage, je regardais l'horizon s'embraser en effleurant du doigt les six lignes gravées sur ma planche. Si je survivais à cette nuit, il me faudrait en tracer une septième…

Je ramenai les genoux sous mon menton et tirai sur mon tee-shirt pour me couvrir les jambes jusqu'aux chevilles. Tout était bon pour me réchauffer. J'avais posé à côté de moi la bouteille d'eau à peine entamée, le tas de pommes de mancenillier, mon sac et mon unique chaussure. Allez savoir pourquoi, j'éprouvais le besoin de garder ces choses-là près de moi en permanence. Elles me procuraient un sentiment de sécurité.

Je soupirai et m'efforçai de ne pas céder au désespoir. Une nouvelle journée s'achevait. Combien de temps pourrais-je tenir sans manger ? J'avais désespérément envie de vivre. De quitter cette île, de revoir ma famille et mes amis… Mais plus le temps passait, plus cela me paraissait improbable.

Derrière moi, les palmiers s'agitaient dans le vent. Le bruissement de leur feuillage m'évoquait des milliers de petits talons aiguilles frappant un sol de marbre. Je fermai les yeux et tentai de m'imaginer à une soirée Billings. J'entendais les rires de mes amies, leurs conversations. Les bouchons de champagne sautaient, les verres tintaient, les téléphones portables lançaient leurs trilles. Je souris. Que faisaient London et Vienna en ce moment ? Kiki et Constance étaient-elles toujours à New York ? J'imaginai Astrid en train de faire les quatre cents coups à Londres, pour le seul plaisir d'énerver ses parents. Je reposai la joue sur mes bras et soupirai de nouveau. J'aurais tellement aimé être avec elles… Être ailleurs.

Le vent mourut. Pendant un moment, le silence enveloppa l'île. Je gardai les paupières fermées, m'accrochant aux images de mes amies. C'est alors que j'entendis le moteur. Un moteur de bateau, qui ronflait dans le lointain.

Mon cœur se mit à tambouriner dans ma poitrine. Je levai la tête, écarquillai les yeux. Je n'avais entendu que les sons de la nature depuis si longtemps… Mon cerveau me jouait-il un tour ? Je scrutai l'eau et vis une ombre se déplacer sur l'océan. Un bateau fendait les vagues, laissant dans son sillage une traînée d'écume blanche. Une seconde plus tard, je bondissais sur mes pieds.

C'était sûrement Upton. Il venait me sauver ! Je levai les bras au-dessus de ma tête et fis de grands signes.

Le bateau approchait. Je pus bientôt distinguer sa forme. C'était un petit Zodiac miteux, et deux personnes se trouvaient à son bord. Deux personnes, mais pas Upton. J'aurais reconnu sa silhouette entre mille.

Mes ravisseurs étaient de retour ! Mon espoir s'éteignit comme un pétard mouillé. S'ils revenaient, c'était forcément pour me tuer. Je jetai un coup d'œil sur mon tas de pommes et serrai la mâchoire, pleine d'une détermination farouche. Désormais, tout dépendait de moi. J'étais la seule à pouvoir me sauver. Je sautai sur le sable avec mon sac pour accueillir mes bourreaux. Je m'étais promis d'être prête lorsqu'ils reviendraient. C'était le cas. Mais j'avais beau le savoir, un flot de bile montait dans ma gorge.

Si mon plan ne fonctionnait pas, j'étais perdue.

Les hommes tirèrent le bateau sur la plage et sautèrent dans l'eau. Ils portaient toujours des barbes broussailleuses et des lunettes noires. Je pris une pomme dans ma main bandée et la cachai dans mon dos.

– Tiens, une survivante ! ironisa Barbe-Rousse.

Son acolyte et lui affichaient de grands sourires. Upton avait-il accepté de doubler la rançon ? Étaient-ils venus ici pour me ramener ? Dans le doute, je serrai la pomme dans ma main, m'y agrippant comme si ma vie en dépendait.

– Où est Upton ? demandai-je, essayant de rester positive.

Ils éclatèrent de rire. Barbe-Rousse essuya la sueur sous son nez d'un revers de main. L'autre aussi transpirait sous sa fausse barbe. Pourquoi s'étaient-ils déguisés ? Je connaissais quasiment personne à Saint-Barth. Et s'ils venaient pour me tuer, je ne risquais pas de les dénoncer.

– Qu'est-ce qu'il y a de drôle ? demandai-je, la gorge nouée par l'angoisse.

– Ton petit ami n'a pas voulu payer, me confia le type à l'anglais maladroit.

Un nuage gris obscurcit ma vision. Il me fallut un moment pour réaliser qu'il n'était pas vraiment là. J'avais juste failli m'évanouir.

– Il... Mais... Vous êtes allés le voir ? Vous lui avez dit où j'étais, ce que vous aviez prévu de me faire ?

Dans mon dos, je serrai la pomme à la broyer. Upton ne pouvait pas m'abandonner ainsi. C'était impossible !

Pourtant, l'évidence était là. Ces types n'avaient aucun intérêt à me mentir.

Des larmes brûlantes me montèrent aux yeux. Comment avais-je pu croire Upton quand il m'avait dit qu'il m'aimait ? Sawyer avait raison : il ne méritait pas une fille comme moi.

– Il a préféré aller trouver la police, me confia le collègue de Barbe-Rousse en s'avançant de quelques pas.

Ah ? Bon... Peut-être Upton n'était-il pas aussi indifférent que je l'avais cru. Il était allé trouver la police, c'était déjà ça... Mais s'il m'aimait vraiment, pourquoi ne s'était-il pas contenté de payer ?

– Comment le savez-vous ? demandai-je.

Ça ne m'intéressait pas vraiment ; j'essayais juste de gagner du temps. J'étais désormais fixée sur la raison de leur visite. L'un d'eux avait probablement un revolver. Une arme destinée à me tuer.

Un autre rire fusa.

– Parce que la police, c'est nous !

Le type à l'anglais maladroit avait repris sa voix normale, son accent français.

– Surprise, mademoiselle Brennan ! ajouta Barbe-Rousse.

En un éclair, je réalisai qui étaient ces hommes. Barbe-Rousse était l'agent Marshall, et l'autre, l'agent Gravois. Les deux flics venus me voir à l'hôpital. Ceux qui avaient pris mes accusations à la rigolade. Qui avaient insinué que j'étais une gamine gâtée pourrie, pourchassée par un meurtrier imaginaire.

Et ces types étaient venus pour m'assassiner. Quelle ironie !

Ils s'approchèrent de moi d'un pas de prédateur, tels des lions encerclant une gazelle. Je reculai instinctivement. Marshall s'immobilisa.

– Attends. Elle a un truc dans le dos.

Gravois ôta ses lunettes noires et me toisa d'un air soupçonneux.

– Qu'est-ce que tu caches ?

Avec un cri sauvage, je balançai la pomme sur Marshall de toutes mes forces. Comme j'étais considérablement affaiblie, elle décrivit un misérable arc de cercle en l'air et atterrit dans sa main tendue. Il s'esclaffa.

– Qu'est-ce que tu comptais faire ? M'assommer avec ta force surhumaine ?

Il fit sauter le fruit dans sa main. Je retins mon souffle. Dans une seconde, il allait le lancer par-dessus son épaule ou le jeter par terre. Qu'est-ce que j'avais imaginé ? Ça ne marcherait jamais. Quelles étaient les chances pour qu'il...

Alors que je n'y croyais plus, Marshall porta la pomme à ses lèvres et mordit dedans.

Mon cœur bondit. Voir mon ennemi mâcher du poison était un spectacle jubilatoire. Le jus dégoulinait sur son menton. Dans combien de temps allait-il tomber raide mort ? Je devais me préparer. Profiter de la surprise pour m'occuper de son complice. Marshall finit de mâcher, avala sa bouchée et s'essuya la bouche du revers de la main.

« Allez, mancenillier. Opère ta magie », implorai-je.

Hélas, rien ne se produisit. Marshall se lécha les lèvres et balança le trognon dans le sable.

Le désespoir m'accabla. Mme Ryan nous avait-elle menti quand elle nous avait mis en garde contre cet arbre ? Avait-elle juste voulu nous effrayer, par pure méchanceté ? Ou m'étais-je trompée sur celui-ci ? Ce n'était peut-être qu'un pommier ordinaire…

– Fais ta prière, gamine, me lança Marshall.

Il tira un revolver de sa ceinture et le pointa sur ma poitrine. Je cessai de respirer. C'étaient mes derniers battements de cœur. Le sable frais sous mes pieds était la dernière chose que je sentirais jamais…

J'allais fermer les paupières, prête à assister au spectacle que mon inconscient me réservait pour mes derniers instants, quand les yeux de Marshall roulèrent dans ses orbites. Il s'effondra dans le sable, le corps secoué de convulsions. En moins d'une minute, il perdit connaissance et devint parfaitement inerte. Seul un filet de bave coulait à la commissure de ses lèvres. Gravois, aussi stupéfait que moi, était comme pétrifié. J'avisai le revolver dans la main crispée de Marshall. Gravois suivit mon regard et plongea au même instant que moi.

Mais je lui réservais une autre surprise. Au lieu d'attraper le revolver, je m'emparai de ma planche. Gravois essayait toujours de récupérer l'arme lorsque je me précipitai sur lui. Je n'étais plus qu'à quelques centimètres quand il parvint enfin à libérer l'arme. Sans lui laisser le temps de l'utiliser, j'abattis la planche sur son crâne avec un hurlement sauvage. Le choc produisit un craquement satisfaisant et Gravois s'affaissa sur le corps inanimé de son partenaire.

Debout au-dessus d'eux, haletante, je tentai d'évaluer la situation.

Au moins un de mes agresseurs était mort. Peut-être les deux. Je venais de sauver ma peau. Prends-en de la graine, Upton Giles !

Je pivotai et courus vers le bateau. Je n'avais plus qu'à remettre ce truc à flot, grimper dedans et décamper. On n'était sans doute pas loin de Saint-Barth s'ils étaient venus dans ce petit Zodiac. Je devrais pouvoir retrouver mon chemin. De toute façon, je n'avais pas le choix.

J'empoignai le rebord du bateau. J'allais le pousser dans l'eau, quand mon cœur sombra. Les clés n'étaient pas sur le contact.

– Où tu vas, comme ça ?

Cette voix fit courir un frisson horrible dans mon dos. Gravois se releva tant bien que mal et fit quelques pas chancelants dans ma direction. Il tenait sa tête d'une main, le revolver de l'autre.

« Bon sang, Reed ! Tu as oublié la leçon numéro 1, apprise en regardant ces milliers de films d'horreur avec Scott et ses copains. Les méchants ne sont jamais aussi morts qu'on le croit. »

Enfin…

Soudain, un rugissement formidable déchira l'air, comme si un second bateau fonçait sur moi, de derrière. Gravois écarquilla les yeux et sa mâchoire s'affaissa. Mes cheveux se soulevèrent, fouettant mon visage, couvrant mes yeux. Je cédai aussitôt à la panique. J'étais quasiment aveugle, et Gravois était armé.

Le vacarme redoubla d'intensité et une violente rafale me renversa. J'eus à peine le temps d'inspirer une bouffée d'air avant de basculer dans l'eau. Un coup de feu retentit. Je me dépêchai de ramper vers le large, où l'eau était plus profonde, et restai immergée. J'ignorais ce qui se passait, mais une chose était sûre : Gravois me tirait dessus. Si je restais sous la surface, il aurait du mal à viser.

Je dégageai mes cheveux de mon visage et ouvris les yeux sous l'eau. Distinguant le contour flou du Zodiac, je tentai de le contourner à la nage : il me servirait de bouclier.

Un balle siffla près de moi, soulevant un petit nuage de sable sous l'eau. Paniquée, je nageai de toutes mes forces, les poumons en feu, et atteignis enfin l'autre côté du bateau. Je crevai la surface. Le ciel était complètement noir. Je restai accroupie dans l'eau peu profonde, entre l'avancée rocheuse et le Zodiac. J'entendais encore des cris fuser sur la plage, mais le rugissement s'était tu. Que se passait-il ? Qui criait ? Marshall s'était-il réveillé ?

Un nouveau coup de feu retentit. J'emplis mes poumons et replongeai. Gravois semblait décidé à finir le boulot coûte que coûte. Qu'allais-je devenir ? Je ne pouvais pas rester sous l'eau indéfiniment. Je ne pouvais même pas y rester dix secondes de plus. Il fallait absolument que je respire.

Soudain, des bras puissants m'emprisonnèrent, m'obligeant à remonter à la surface. Je hurlai de terreur, battis des bras et des jambes pour tenter de me libérer. En vain. Gravois me tenait si serrée que j'étais incapable de bouger.

Et voilà. J'étais vaincue. Je m'étais battue pendant plusieurs jours pour survivre, mais c'était la fin...

– Reed ! Arrête ! C'est moi ! Calme-toi !

Je devins soudain aussi molle qu'une poupée de chiffon.

– Upton ? sanglotai-je.

Je sentais son souffle rauque dans mon oreille. Son odeur des îles. Je me lovai contre lui, le visage ruisselant de larmes.

– Tu n'es pas vraiment là, gémis-je. J'ai encore des hallucinations.

– Tu tiens debout ?

J'étais incapable de répondre. Il desserra son étreinte et je constatai avec surprise que mes genoux me portaient encore. Une main dans mon dos, Upton me contourna et souleva mon menton, m'obligeant à le regarder dans les yeux. Une barbe de plusieurs jours couvrait ses joues ; des cernes gris marquaient ses yeux. Il paraissait épuisé.

– Tu n'as pas d'hallucinations. Je suis bien là.

Mes dernières forces m'abandonnèrent et je m'écroulai en sanglotant. Upton me rattrapa dans ses bras.

– Ça va. Ça va aller, maintenant.

Il me souleva comme si je ne pesais rien, passa un de mes bras sur sa nuque, me laissant me blottir contre sa poitrine. J'entendais battre son cœur. Il était vraiment là. Il était venu me chercher. Enfin !

J'ouvris les yeux lorsque Upton se mit en marche. Sur la plage, plusieurs hommes entouraient Marshall et Gravois, qui avaient des menottes aux poignets. Marshall était encore en vie, mais paraissait très mal en point. Ainsi, je n'avais tué aucun de mes agresseurs. C'était sûrement une bonne chose, même si, sur le moment, j'avais souhaité leur mort de toutes mes forces.

– Où va-t-on ? demandai-je, en voyant Upton tourner le dos à l'avancée rocheuse.

– À l'hélico.

Je basculai la tête en arrière et vis les pales noires se découper sur le ciel nocturne. C'était donc cela, ce rugissement. Et la rafale qui m'avait renversée…

Upton me confia à un homme accroupi dans l'hélicoptère, qui me déposa sur un banc et me prit le pouls.

– Vous avez mangé quelque chose depuis que vous êtes là ? m'interrogea-t-il.

Je secouai la tête.

– Vous avez bu ?

– Un peu d'eau. De l'Évian.

– La première chose à faire, c'est de l'hydrater, déclara-t-il à Upton, qui était monté derrière moi dans l'habitacle.

Je me redressai pour me blottir contre lui.

– Vous devriez rester allongée, mademoiselle, dit l'homme.

Je laissai échapper un drôle de bruit, à mi-chemin entre gémissement et grognement.

– Vous pouvez lui poser une perfusion ? demanda Upton, passant un bras protecteur autour de moi.

– Bien sûr, monsieur.

Quelqu'un aboya un ordre, et j'entendis farfouiller derrière moi.

– Que s'est-il passé ? demandai-je d'une voix éraillée.

Dans ma position, je voyais seulement la chemise blanche d'Upton, son avant-bras et sa grosse montre en argent. Et cela me suffisait amplement. J'aurais pu rester une éternité ainsi.

– Ils vont te nourrir par intraveineuse, me confia-t-il en me caressant les cheveux.

– Non, je veux dire… Où étais-tu passé ? précisai-je, en essayant de contenir mes larmes. Je suis ici depuis cinq… six… jours. Où étais-tu ?

Upton me serra plus fort. Je sentis son corps se tendre.

– Je suis désolé, Reed. Tu n'imagines pas… Quand ces types sont venus me trouver, je ne savais pas quoi faire… J'ignorais s'ils disaient vrai, et qui avait manigancé cette histoire… Allaient-ils respecter le deal qu'ils me proposaient, ou juste prendre l'argent et te laisser pour morte ? Alors, j'ai engagé une équipe d'enquêteurs pour te retrouver. Mais ils ne cessaient de tomber dans des impasses. Finalement, on a décidé de suivre les types quand ils retourneraient te voir, mais ils ont mis un temps fou… Je suis désolé. J'ai fait tout ce que je pouvais pour te retrouver.

Upton changea de position, et je regardai par la porte ouverte de l'hélicoptère. Des hommes emmenaient Marshall et Gravois vers un bateau.

– Qui les a engagés ? lui demandai-je, tandis que l'infirmier cherchait une veine sur mon bras.

– On pense que c'est Poppy, dit Upton d'un air sombre. Les policiers ont trouvé un portable jetable dans son sac et tracé les appels qu'elle avait passés avec. Ils aboutissaient tous à la cabine téléphonique, près du poste de police. Ils sont en train de l'interroger. Je suis désolé de ne pas t'avoir écoutée. Je ne l'aurais jamais crue capable de faire une chose pareille.

Ainsi, c'était Poppy. Étrange... Un instant plus tôt, je croyais encore Daniel et Paige coupables. Pourquoi, déjà ? La mémoire me faisait défaut, mais cela m'était égal. Si c'était Poppy, c'était Poppy. C'était plausible. Elle me détestait, elle était obsédée par Upton, et elle avait de l'argent à jeter par les fenêtres. J'avais hâte de la voir moisir en prison.

– Nous sommes prêts à partir, monsieur, fit une voix.

– Dans ce cas, ne traînons pas.

La voix d'Upton résonna dans sa poitrine et fit vibrer ma joue. La porte se ferma.

– Il faut vous allonger en attendant d'arriver à l'hôpital, mademoiselle, insista l'infirmier.

Je me redressai.

– Je ne veux pas aller à l'hôpital !

Et pour cause : c'était là que j'avais rencontré les deux flics ripoux.

L'homme me décocha un regard impatient.

– Vous avez besoin de soins urgents.

– Je ne retournerai pas là-bas ! décrétai-je, le cœur battant. Je ne peux pas. Je ne leur fais pas confiance. Upton, je...

Il me caressa les cheveux.

– Ne t'inquiète pas. M. Lange a tout organisé pour que tu reçoives des soins chez eux.

Il se tourna vers l'infirmier.

– Une ambulance nous attend chez les Ryan pour la conduire chez les Lange.

– Chez les Ryan ? glapis-je.

– On est dans leur hélicoptère. Ils ont le seul héliport de l'île, expliqua Upton.

J'avalai péniblement ma salive. La perspective d'aller chez les Ryan me glaçait le sang. Je me méfiais de ces gens. Mais bon… S'il y avait une ambulance devant chez eux, je n'aurais pas à y rester.

L'infirmier lança la perfusion et Upton me mit un gros casque sur les oreilles. Ma nuque fatiguée supportait mal son poids. J'appuyai la tête contre la vitre et je regardai dehors. J'étais pressée de quitter cette île où j'avais vécu les pires heures de ma vie. Où j'avais failli mourir.

Le moteur de l'hélicoptère ronfla ; les pales se mirent en mouvement avec un long bourdonnement et le bruit s'amplifia peu à peu, jusqu'à devenir assourdissant. Le casque l'atténuait, mais il m'empêchait aussi d'entendre quoi que ce soit d'autre. Upton s'installa près de moi et m'enlaça, comme s'il ne voulait plus jamais me lâcher. L'appareil s'éleva lentement. Je regardai le sol s'éloigner et bientôt, je pus contempler l'île tout entière. Elle était minuscule, et ne comportait pas d'autre plage que celle où mes ravisseurs m'avaient abandonnée. Le reste n'était que rochers et forêt.

Tandis que l'hélicoptère rasait l'eau, je jetai un dernier regard à ma plage. J'aurais presque juré voir Thomas, dans son tee-shirt blanc, me faire des signes d'adieu.

Calista

L'infirmier sortit le brancard de l'hélicoptère et le poussa dans l'allée en pente douce menant à la propriété des Ryan. Les murs blancs de la villa se découpaient sur le ciel d'un noir d'encre. Allongée sur le dos, je fixais Upton, qui faisait rouler le portant de la perfusion à mes côtés. J'avais beau être emmitouflée dans des couvertures douillettes, je tremblais de froid. J'avais commencé à grelotter pendant le trajet en hélicoptère, et ça n'avait pas cessé depuis. Pourtant, je ne m'étais pas sentie aussi alerte depuis des jours. J'ignorais quelle potion magique se diffusait dans mes veines, mais c'était efficace.

– Noëlle est là ? demandai-je à Upton.

– Elle arrive. Tout le monde était à la vente de charité de Mme Lange. Je les ai prévenus de ton retour. Ils sont en chemin.

J'esquissai un sourire triste. Les filles Billings ne renonçaient jamais à une fête, même quand une de leurs amies était portée disparue depuis presque une semaine. C'était leur façon à elles de tromper l'angoisse. Cela dit, j'étais mal placée pour les juger : j'étais moi-même allée à l'Héritage alors que Thomas avait disparu. En fait, j'étais presque étonnée qu'Upton n'ait pas assisté au gala. Il devait être vraiment déterminé à me retrouver.

– Ah, vous voilà !

Mme Ryan traversa le patio en trottinant sur ses talons aiguilles. Quelques secondes plus tard, elle était penchée au-dessus de moi, affichant un air tourmenté. Elle portait une robe bustier vert foncé et un gros collier en or.

– Mon Dieu, Reed ! Comment allez-vous ? souffla-t-elle, une main sur le cœur.

– Ça va. À peu près… Merci pour le voyage.

Elle plissa le front, confuse, puis se mit à rire.

– Ah, l'hélicoptère. Bien sûr.

Elle invita l'infirmier à pousser le brancard dans la maison, puis s'adressa à Upton :

– Le commissariat vient d'appeler pour prévenir que l'ambulance aura du retard. Elle sera là d'ici une demi-heure.

– Elle était censée nous attendre, protesta Upton, la mâchoire crispée.

Mme Ryan roula les yeux.

– Tu sais comment les choses fonctionnent sur cette île… Ils ont dit aussi qu'ils avaient besoin de toi là-bas. Ils voudraient te poser des questions au sujet de Poppy et de votre… relation.

– Maintenant ?

Upton semblait contrarié.

– J'ai l'impression qu'ils veulent régler cette affaire le plus vite possible, argumenta Mme Ryan.

– Upton, s'il te plaît. Je ne veux pas que tu partes, implorai-je.

– Ne t'inquiète pas.

Dans la maison, Mme Ryan, Upton et l'infirmier discutèrent un instant à voix basse, tandis que je gisais sur mon brancard, tremblante, les yeux rivés sur un chandelier en corail. Finalement, l'infirmier partit en soupirant, après avoir insisté pour que je me rende à l'hôpital dans les vingt-quatre heures.

Je repoussai les couvertures et balançai mes jambes nues sur le côté du brancard.

– On peut me retirer ce truc du bras ? Ça brûle.

Prise d'un soudain vertige, je portai ma main libre à mon front. Tout compte fait, l'hôpital n'était peut-être pas une mauvaise idée…

Mme Ryan se précipita vers moi.

– Bien sûr !

Elle m'aida à retirer le bandage et l'aiguille, et repoussa le portant de la perfusion. Depuis mon arrivée sur cette île, cette femme s'était toujours montrée odieuse avec moi. Pourquoi cette soudaine sollicitude ? Se sentait-elle coupable parce que la fille de ses amis avait engagé des tueurs pour me supprimer ?

– De quoi avez-vous besoin ? me demanda-t-elle.

Je regardai Upton, perplexe.

– Manger ? Boire ? Par quoi tu veux commencer ? traduisit-il.

– En fait, je suis totalement affamée. Et j'adorerais prendre un bain...

– J'ai un bain moussant extraordinaire à l'aloe vera, dit Mme Ryan. Il fera des merveilles sur vos brûlures.

– Aidons Reed à monter à l'étage, lui suggéra Upton. Ensuite, tu pourras voir ça avec le cuisinier.

– Et la police ? insista Mme Ryan. Ils ont dit que c'était urgent.

Upton me regarda avec hésitation.

– J'ai promis à Reed de rester avec elle...

– C'est absurde ! s'insurgea notre hôtesse. Je suis parfaitement capable de prendre soin de Reed jusqu'à ton retour. D'ailleurs, l'ambulance va arriver d'un instant à l'autre. Sans parler de vos amis et de leurs parents...

Elle me décocha un petit sourire pincé.

– Tout le monde veut s'assurer que vous allez bien.

Je regardai Upton, la gorge nouée. Je ne voulais pas qu'il parte. Après l'avoir attendu désespérément ces six derniers jours, je ne voulais plus jamais le quitter des yeux. Mais si Noëlle et les autres étaient en route, je devrais pouvoir supporter la séparation. Surtout s'il allait donner le coup de grâce à Poppy...

– Reed..., commença-t-il.

– C'est bon. Ça va aller.

Je posai mes pieds nus sur le carrelage froid. Mes genoux flanchèrent, et Mme Ryan s'empressa de me soutenir. Elle était beaucoup plus costaud qu'elle en avait l'air.

– Comment tu te sens ? s'enquit Upton.

– Ça va. Tu peux y aller. Mais reviens vite.

Il posa délicatement les mains sur mes épaules brûlées, attentif à ne pas me faire souffrir davantage.

– Tu es sûre ?

– Absolument ! mentis-je.

– Très bien. Je serai de retour en un rien de temps. Et ne t'inquiète pas, Calista prendra soin de toi.

« Calista ? » Depuis quand l'appelait-il par son prénom ? Je coulai un regard oblique vers Mme Ryan. Hier encore, et même ce matin, j'étais certaine que ses enfants voulaient ma mort. Mais en fait, Daniel et Paige étaient innocents. C'était Poppy la coupable. Upton et son équipe d'enquêteurs chevronnés en étaient convaincus.

– Allez, venez ! me dit Mme Ryan. Vous vous sentirez beaucoup mieux après un bon bain.

Je m'armai de courage. Si Upton lui faisait confiance, je pouvais sans doute baisser la garde. En plus, mes amis allaient arriver. J'avais survécu six jours sur une île déserte ; je devais pouvoir survivre six minutes avec Mme Ryan.

– D'accord.

Upton m'embrassa sur le front et nous quitta. Mme Ryan laissa un bras dans mon dos pour me soutenir, tandis que je montais l'escalier. Au premier étage, le sol était couvert de moquette. Le paradis pour mes pieds glacés ! Elle me conduisit jusqu'à l'extrémité du couloir, où une porte était ouverte.

– Voici mon dressing, dit-elle en actionnant un interrupteur.

Je découvris une vaste pièce bordée d'étagères, de tiroirs et de tringles chargées de vêtements. À une extrémité trônait une imposante coiffeuse aux pieds sculptés, couverte d'un plateau de marbre. Son miroir était tellement gigantesque que tout mon corps s'y reflétait. Et ce n'était pas beau à voir ! J'avais le visage d'un rouge si sombre qu'il semblait surnaturel ; mes lèvres étaient crevassées, pleines de croûtes. Mes cheveux ternes, emmêlés, tombaient tristement sur mes épaules. La peau de mes jambes et de mes bras pelait par endroits, y dessinant de vilaines marbrures rose vif.

Si Upton m'aimait encore après m'avoir vue ainsi, ce serait un miracle.

—Installez-vous ici, je vais vous faire couler un bain, m'ordonna Mme Ryan en m'aidant à m'asseoir sur un banc couvert de velours, face au miroir.

Elle ouvrit une double porte sur ma droite, qui donnait sur la salle de bains. D'où j'étais, je voyais seulement un immense lavabo. Mme Ryan s'engouffra dans la pièce et disparut. Peu après, j'entendis l'eau couler.

Ce bain allait me faire un bien fou. Depuis que j'étais assise dans cette pièce, j'avais pris conscience de mon odeur, et elle était franchement désagréable. Upton l'avait-il remarquée ? Si oui, il avait été assez poli pour se retenir de plisser le nez.

Incapable de contempler mon reflet une seconde de plus, je reportai mon attention sur les produits de beauté posés sur la coiffeuse. Il y avait des dizaines de flacons, de tubes, de pots... Des crèmes hydratantes, tonifiantes, bronzantes, repulpantes...

—Reed, je descends à la cuisine ! me cria Mme Ryan. Je reviens tout de suite.

J'entendis une porte s'ouvrir et se refermer. Probablement celle de la salle de bains qui donnait sur le couloir. Espérant masquer provisoirement ma puanteur, je pris un flacon d'eau de toilette sur la coiffeuse et en vaporisai dans l'air. Lorsque la brume parfumée emplit mes narines, la pièce se mit à tourbillonner autour de moi.

C'était le parfum que j'avais senti juste avant d'être poussée du bateau des Ryan !

Je lâchai le flacon sur la table. En un éclair, j'étais debout. Un flot d'adrénaline courait dans mes veines. Je parcourus des yeux les étagères et les portants autour de moi, chargés de robes imprimées, de pantalons bien repassés et de blouses en soie. S'il était là, quelque part, je le trouverais. Simple question de concentration.

J'inspirai à fond et scrutai lentement la pièce. À droite des meubles à chaussures, une petite section était consacrée aux vêtements de sport : des pantalons de yoga, des débardeurs, ainsi qu'une dizaine de sweat-shirts à capuche. Les jambes flageolantes, je m'approchai lentement du portant. J'avais aperçu la bordure blanche de loin, mais je voulais en avoir le cœur net. Mon bras tremblait tellement que je dus m'y reprendre à plusieurs fois pour décrocher le cintre. J'examinai le vêtement. La bande blanche courait de la manche à l'épaule et faisait le tour de la capuche. C'était le sweat-shirt que portait mon agresseur sur le bateau.

Mme Ryan ? Mais pourquoi ?

Un léger bruit m'alerta, et je pivotai. Mme Ryan se tenait dans l'encadrement de la porte, un plateau dans les mains. Elle m'apportait du pain, du fromage, du raisin et des pommes.

Des pommes vertes, semblables aux fruits du mancenillier.

Elle fixa le sweat-shirt que je tenais à la main.

– Reed ? Qu'est-ce que vous... Oh, vous avez froid ?

Pourquoi ? Pourquoi essayait-elle de me tuer ?

Lorsqu'elle se pencha pour poser le plateau sur une petite table, près de la porte, je vis son collier osciller. Mes yeux s'arrêtèrent dessus, tel un radar. Un collier en or. Un gros collier en or, orné de perles coupantes.

La compréhension fit aussitôt place au dégoût. La première maîtresse d'Upton. Mme Ryan était la première maîtresse d'Upton... Pas étonnant qu'il l'ait appelée Calista. Ils avaient été... intimes.

J'allais vomir. Je n'avais rien dans le ventre, mais j'allais vomir quand même.

– Ça va ? me demanda Mme Ryan. Votre bain doit être prêt. À moins que vous ne préfériez manger d'abord ?

Elle se retenait visiblement de me coller une pomme empoisonnée sous le nez.

– C'est vous ! lâchai-je dans un souffle. C'est vous qui avez engagé ces hommes pour me tuer.

Un bref instant, la peur se lut sur son visage. Elle se reprit aussitôt, affichant un air de confusion totale. Trop tard. Je savais que c'était elle. Et j'aurais dû me taire !

C'est probablement ce que j'aurais fait, si je n'avais pas été aussi épuisée. J'aurais demandé un téléphone, prétextant que je voulais appeler mes parents, et j'aurais prévenu la police. Au lieu de quoi, je me retrouvais seule avec la femme qui essayait de me tuer depuis des jours. Seule et vulnérable.

– C'était vous, depuis le début ! m'exclamai-je en reculant.

Je n'avais aucun moyen de fuir… sauf peut-être par la salle de bains, mais Mme Ryan pourrait me barrer le passage en fermant la porte donnant sur le couloir. J'étais piégée. Piégée avec une femme qui voulait ma peau. Une folle, à qui Upton m'avait confiée en me promettant qu'elle prendrait soin de moi.

Quel fin psychologue, celui-là !

– Reed, je ne sais pas de quoi vous parlez, protesta Mme Ryan en tripotant son collier.

– Vous avez fait ça à cause d'Upton. Par jalousie, crachai-je. Mais vous êtes complètement malade ! C'est un ami de vos enfants. Vous êtes mariée !

La colère fit étinceler ses yeux et elle renonça à jouer la comédie :

– Ne parlez pas de ce que vous ne pourrez jamais comprendre !

– C'est vous, n'est-ce pas ? répétai-je, essayant de gagner du temps.

Noëlle et mes amis allaient arriver d'une seconde à l'autre. Je devais me débrouiller pour rester en vie jusque-là.

– C'est vous qui avez effrayé mon cheval, l'autre jour ! C'est vous qui avez saboté le jet-ski pour vous débarrasser de moi. Et comme ça n'a pas marché, vous m'avez poussée du pont de votre bateau et pris mon collier, pour pouvoir accuser Marquis ! Vous avez dû être vraiment furax quand ils m'ont retrouvée vivante !

Le visage de Mme Ryan était l'image même de la sérénité, mais ses yeux brûlaient dans leurs orbites.

– Arrêtez de proférer ce genre d'accusations, grogna-t-elle en marchant vers moi. Nous avons beaucoup d'employés dans cette maison. Quelqu'un risquerait de vous entendre, et de croire à vos divagations.

Je regardai autour de moi, à la recherche d'une arme. Un truc lourd, n'importe quoi... Si j'avais réussi à assommer Gravois, je pouvais mettre Mme Ryan K-O. Mais je ne vis rien. Juste des tubes et des petits flacons scintillants. Puis je perçus un mouvement à la limite de mon champ visuel. Une ombre se déplaçait dans le couloir.

« S'il vous plaît, faites que ce soit Noëlle ou Upton... Surtout pas Daniel ou Paige, ni aucun des autres tarés de Saint-Barth. »

– Ce ne sont pas des divagations, protestai-je. Et vous allez finir en prison.

– Vraiment ? dit-elle avec un sourire narquois. Qu'est-ce qui vous fait penser qu'on va vous croire ? Ou que je vais vous laisser la possibilité de raconter votre histoire ?

La terreur ne m'empêcha pas d'apercevoir la faille dans son plan.

– Si vous me faites du mal, tout le monde saura que c'est vous. Upton nous a laissées seules. Cette fois, vous serez la première suspecte.

– Pas du tout ! Je vous ai quittée quelques minutes à peine. À mon retour, vous étiez noyée dans la baignoire. Probablement à cause de ces six jours passés en plein soleil sur une île déserte. Une crise cardiaque, un simple malaise... On trouvera mille raisons à cette noyade. Et quelle tragédie ! Mourir dans une baignoire, après avoir survécu à toutes ces épreuves...

Sur ces mots, Mme Ryan se rua sur moi et m'empoigna par les cheveux. Je hurlai de douleur et me débattis, tandis qu'elle me traînait vers la salle de bains, où m'attendait la baignoire pleine. Elle était d'une force incroyable comparée à moi. Avant que j'aie pu reprendre mon souffle, Sawyer s'engouffra par la porte, un objet allongé à la main, et l'abattit sur le crâne de Mme Ryan. Ses yeux s'élargirent comme des soucoupes, avant de se fermer. L'instant d'après, elle s'effondrait sur le sol.

Sawyer et moi restâmes un moment immobiles, le souffle court. Finalement, il lâcha son arme à ses pieds

– une espèce de sculpture moderne – et tendit une main vers moi. Il était en smoking ; sa cravate noire était détachée.

– Ça va ? me demanda-t-il.

Je trébuchai sur la cheville de Mme Ryan en me précipitant vers lui. Sawyer recula sous la violence de mon embrassade, mais je m'accrochai à lui comme à une bouée de sauvetage.

– Je n'en peux plus, gémis-je. Je ne peux pas. Je n'en peux plus !

– Allez, ça va aller... Ça va aller, répéta Sawyer en tirant sur l'encolure de mon tee-shirt pour me redresser.

– C'est elle qui a fait ça. Elle a essayé de me tuer, dis-je en regardant Mme Ryan par-dessus mon épaule. C'est elle qui a tout manigancé.

– Je sais. J'ai entendu.

Sawyer recula pour me regarder dans les yeux.

– Ne t'inquiète pas. C'est fini, maintenant.

Il retira sa veste et la posa sur mes épaules. Le nirvana ! Je reniflai et hochai la tête, encore très faible.

– Qu'est-ce que tu fais ici ?

– Tout le monde est là. Je suis juste entré le premier. Viens, on va appeler la police.

Mes yeux s'élargirent de terreur.

– OK, pas la police, s'empressa-t-il de rectifier. On va appeler mon père. Il saura quoi faire.

– D'accord.

Toujours accrochée à lui, je le suivis dans le couloir.

– Et... Tu crois que je pourrais avoir quelque chose à manger ? demandai-je. Un truc qui ne serait pas empoisonné ? ajoutai-je en jetant un coup d'œil au plateau près de la porte.

Sawyer parut perplexe, mais acquiesça :

– D'accord. Pas empoisonné. Bonne idée !

Grosse faim

Installée dans la cuisine des Ryan avec Sawyer et Noëlle, j'engloutissais tartine sur tartine, dans un état proche de l'hébétude.

À son arrivée, M. Lange avait appelé la police, et des officiers étaient aussitôt venus arrêter Mme Ryan. Lorsqu'ils l'avaient emmenée, menottes aux poignets, quelques cris avaient fusé dans le hall d'entrée et devant la maison. Des portières avaient claqué. Puis le silence était revenu. C'était terminé. Enfin.

Je pouvais enfin manger.

– Je n'arrive pas à le croire, commenta Noëlle. C'est totalement ahurissant.

Elle m'avait apporté un survêtement Calvin Klein noir et une paire de chaussettes, que j'avais enfilés aussitôt – et tant pis pour le bain. Emmitouflée dans ces vêtements douillets, j'avais enfin cessé de trembler.

– Incroyable, mais vrai ! claironnai-je, avant de pouffer.

Mon amie écarquilla les yeux.

– Tu délires ? Hé, Sawyer, tu n'as pas l'impression qu'elle délire ?

– Elle vient de passer six jours sur une île déserte, sans rien à manger et sans personne à qui parler, rappela Sawyer d'une voix neutre.

– Ouais, exact, admit Noëlle.

Je ne délirais pas. J'étais juste à bout. Je n'arrivais même pas à réaliser que j'avais une nouvelle fois frôlé la mort. Depuis que j'avais cessé de sangloter sur l'épaule de Sawyer, j'étais comme anesthésiée. Je n'éprouvais plus aucune émotion. Je me sentais juste faible, épuisée, affamée, et j'avais mal partout.

– Il reste du pain ? demandai-je.

Noëlle se leva pour aller en couper. Elle rapporta également des grappes de raisins et du fromage. Quelqu'un avait décrété que je devais manger sobrement. Personnellement, j'aurais préféré un chili, une pizza aux pepperoni, ou une pile de donuts.

– Alors, depuis le début, c'était Mme Ryan ? commença-t-elle en se rasseyant. Mais pourquoi ? Elle faisait ça pour Paige ?

Sawyer et moi échangeâmes un regard entendu. Noëlle avait déjà du mal à croire à la culpabilité de Mme Ryan.

Elle n'était pas au bout de ses surprises... J'allais répondre, quand j'entendis des éclats de voix dehors.

– C'est quoi ce délire ! Où est mon père ? Lâchez-moi !

C'était Daniel Ryan. De charmante humeur, comme d'habitude. Nous entendîmes un bruit de pas, un fracas de verre brisé, le claquement de talons hauts. Puis Daniel et Paige déboulèrent dans la cuisine, suivis par Dash et Kiran. Daniel était écarlate, clairement fou de rage. La cravate de son smoking était toujours nouée. Les cheveux roux de Paige étaient décoiffés, et la traîne de sa robe de bal vert pâle froufroutait dans son sillage.

Daniel se planta devant moi.

– Qu'est-ce que tu as encore inventé, espèce de garce ? aboya-t-il.

Je reculai instinctivement et faillis me retrouver sur les genoux de Noëlle. Par certains aspects, Daniel ressemblait beaucoup à sa mère.

– D'abord Poppy, et maintenant maman ! Mais pour qui tu te prends ?

Sawyer se leva et repoussa Daniel à deux mains.

– Ta mère a essayé de tuer Reed !

Tout le monde se tut. C'était la première fois que j'entendais Sawyer élever la voix. La première fois qu'il s'impliquait ainsi dans une conversation. Une dispute, en plus. La surprise nous laissait sans voix. Paige fut la première à retrouver sa langue.

– Tu mens, lui dit-elle d'une voix tremblante. Pourquoi ma mère voudrait-elle tuer quelqu'un ? Surtout *elle*...

Elle me considéra avec une moue de dégoût.

À cet instant précis, une femme entra dans la pièce, portant un coupe-vent bleu marine sur l'uniforme standard de la police de Saint-Barth, composé d'un short et d'un polo. Ses cheveux bruns étaient coupés courts, et elle tenait un bloc-notes à la main. Elle le consulta brièvement, puis le referma et regarda autour d'elle.

– Paige et Daniel Ryan ?

Daniel s'avança avec sa sœur.

– Oui ?

– Votre père m'a demandé de vous conduire au poste de police, où il vous attend. Votre mère vient d'avouer une tentative d'homicide.

– Quoi ? hurla Daniel.

Paige crispa les mains sur son sac.

– J-je ne comprends pas, bredouilla-t-elle. Elle n'a aucune raison de faire ça. Elle ne ferait pas de mal à une mouche. Elle...

La femme soupira et sortit son bloc.

– Apparemment, elle aurait eu une relation sexuelle avec le petit ami de cette jeune fille, lut-elle... Un certain Upton Giles.

– Oh mon Dieu !

Paige pivota et vomit dans l'évier en inox. Mon estomac se souleva. Je me détournai et regardai par la fenêtre.

– Quoi ? lâcha de nouveau Daniel. Non. Ce n'est pas possible !

– C'est votre mère elle-même qui l'a déclaré, insista la femme en haussant les épaules.

Elle regarda Paige, le nez plissé de dégoût.

– Nous n'avons même pas eu besoin de lui poser la question. À croire qu'elle en était fière.

Kiran étouffa un rire, s'attirant un regard sévère de la plupart d'entre nous.

– Désolée ! C'est juste que... J'ai fait un certain nombre de choses trash dans ma vie, mais je n'ai jamais partagé un mec avec ma mère, dit-elle, en jetant un coup d'œil au dos de Paige, toujours secoué de hoquets.

Celle-ci se redressa et quitta la pièce en courant, une main sur la bouche, le visage ruisselant de larmes.

– Elle a avoué ? demanda Daniel en fixant le policier. Tout ?

– Elle a engagé les ravisseurs, effrayé le cheval, saboté le jet-ski..., dit la femme. Elle maintient que le dénommé Marquis est coupable de l'incident en mer, mais nous ne sommes pas dupes.

Personne ne pipa mot. Mes amis et moi fixions le sol, perplexes. Marquis était-il vraiment impliqué, ou Mme Ryan voulait-elle le faire tomber pour une raison mystérieuse ? Je l'ignorais, et je n'avais pas assez d'énergie pour y réfléchir.

– Ce n'est pas possible, gémit Daniel.

J'avais beau trouver ce garçon foncièrement antipathique, à cet instant, je le plaignis. Ça ne doit pas être facile d'apprendre que sa mère a tenté d'assassiner quelqu'un. Qu'elle a eu des relations sexuelles avec l'un de vos amis, pour lequel elle a conçu une véritable obsession.

– Alors, vous venez ? insista la femme.

– Je vais chercher ma sœur.

Daniel sortit de la pièce la tête basse, sans ajouter un mot. La policière se tourna vers moi.

– Peut-on faire quelque chose pour vous, mademoiselle ?

J'avais encore le cerveau embrumé. J'aurais voulu lui suggérer de mettre Marshall et Gravois devant un peloton d'exécution, mais ça ne me semblait pas vraiment approprié.

– Où est Upton ? me renseignai-je.

– Désolée. Je ne sais pas, répondit la femme.

– On s'occupe d'elle, ne vous inquiétez pas, assura Noëlle.

Elle faillit me tapoter le dos, mais se ravisa et posa la main sur le dossier de ma chaise.

La policière se retira. Pendant un long moment, on n'entendit dans la cuisine que le bruit de ma mastication.

– Upton est sûrement encore au centre-ville, devina Noëlle. Il ne va pas tarder à revenir.

– Alors, comme ça, il y avait vraiment quelqu'un qui essayait de te tuer..., lâcha Kiran.

Elle tira sur l'ourlet de sa robe de bal rouge et s'assit sur une chaise avec élégance.

– Ouais.

– Reed, je suis vraiment navrée qu'on ne t'ait pas crue..., commença Noëlle.

– Laisse tomber. Il y a encore du fromage ?

Dash s'empressa de m'approvisionner. J'en engloutis une tranche entière.

– Merci, fis-je, la bouche pleine.

Je sentis qu'ils me regardaient avec inquiétude.

– Vous croyez qu'elle souffre de stress post-traumatique, ou un truc dans le genre ? demanda Kiran.

– Arrêtez, les gars. Je vais bien. C'est juste que je suis affamée. Je ne rêve que d'une chose : prendre un bain et me tartiner d'aloe vera. Et ensuite, je veux dormir. Pendant deux jours, au moins.

– Ça devrait être possible, acquiesça Sawyer.

Noëlle se leva et me posa une main dans le dos.

– Dash, va chercher ta voiture ! On ramène Reed à la maison.

Repos

Je ne mis pas les pieds à l'hôpital. M. Lange avait engagé une infirmière prénommée Caroline, venue exprès des États-Unis. Une grosse femme énergique, qui était déjà là lorsque j'arrivai chez Noëlle. Elle se chargea de faire ma toilette et de m'enduire le corps d'aloe vera, puis me mit au lit en un temps record. Elle composa ensuite le numéro de mes parents et me passa le téléphone. Après avoir pleuré de soulagement en chœur, nous projetâmes de nous retrouver dès que je serais assez en forme pour faire le voyage en avion. Pendant la nuit, Caroline prit mon pouls, ma tension et ma température, et m'obligea à boire régulièrement. Toutes les heures, elle appliquait sur mes coups de soleil un baume parfumé à la carotte, qui faisait des miracles. J'étais encore rouge, mais je ne sentais presque plus la douleur. J'étais aussi moins affreuse à voir. Heureusement, car, dès le lendemain matin, mes amis se succédèrent à mon chevet.

Caroline n'autorisait personne à rester plus de cinq minutes dans ma chambre. Je lui en étais reconnaissante, car j'avais vraiment besoin de récupérer. Je dormais si profondément quand Upton arriva, en début d'après-midi, que je ne l'entendis même pas entrer. C'est Caroline qui me réveilla en essayant de se débarrasser de lui. Quand j'ouvris les yeux, elle le poussait vers la porte.

– Ça va, je suis réveillée, dis-je en me redressant sur mes oreillers. S'il vous plaît, laissez-le entrer.

Caroline me regarda et rouspéta à mi-voix.

– M. Lange a recommandé de vous passer tous vos caprices... Mais je reviens dans un quart d'heure.

Elle regarda Upton d'un air de reproche et leva un doigt potelé.

– Elle a besoin de repos.

– Oui, bien sûr, approuva-t-il.

Il portait un bouquet de lys, qu'il déposa sur la table de chevet. Puis il recula et enfonça les mains dans les poches de son jean. Il s'était rasé depuis la dernière fois que je l'avais vu, mais il avait toujours l'air aussi épuisé. Presque autant que moi.

– Tu es sûre que ça ne te dérange pas ?

– Quoi ?

– Le fait que je sois là, dit-il d'un air penaud. J'imagine que tu me détestes, et il y a de quoi. C'est pour cela que je ne suis pas venu plus tôt. J'ai supposé que tu ne voudrais pas me voir.

Je clignai des paupières.

– Pourquoi je ne voudrais pas te voir ?

– Parce que toute cette histoire est de ma faute, répondit Upton, tendu. Tout. Elle voulait se débarrasser de toi à cause de moi.

Je gloussai et écartai mes cheveux de mon visage.

– Upton, ce n'est pas de ta faute si elle est folle.

– Mais si ! Tu l'as dit toi-même, le jour où tu es sortie de l'hôpital ! Tu as dit que tu n'allais pas rester là, à attendre qu'une de mes cinglées d'ex te tue, et tu avais raison. C'est juste qu'il s'agissait d'une ex dont tu ignorais l'existence.

– Upton..., commençai-je calmement.

– Je vais me racheter, Reed. Je le jure ! Demande-moi ce que tu veux, n'importe quoi !

– Upton !

– Quoi ?

Il cessa enfin de s'agiter.

– Caroline revient dans treize minutes. Tu comptes m'embrasser, ou pas ?

Le visage d'Upton se détendit. Il s'assit sur le lit à côté de moi, caressa délicatement ma joue et effleura mes lèvres crevassées. Ça aurait été romantique, si cela n'avait pas été aussi douloureux. Je tressaillis.

– Ouille !

– Désolé, fit-il en se mordant la lèvre.

– Je propose qu'on fasse juste un câlin…

– Ça me va.

Il s'adossa contre la tête de lit, m'enlaça et m'attira à lui. Je calai ma tête dans le creux de son bras.

– Alors, raconte-moi ce qui se passe dehors, dans le monde ? demandai-je.

– Eh bien… Ils ont relâché Poppy. Apparemment, Calis… Mme Ryan aurait mis le téléphone portable dans son sac.

– Et Barbe-Rousse et son copain ? demandai-je en tripotant un pli de mon drap.

– Qui ?

– Marshall et Gravois, clarifiai-je.

– Ils sont vivants tous les deux, même si Marshall n'est pas en grande forme. Et ils vont passer des années en prison.

– Tant mieux !

Upton me déposa un baiser sur la tête.

– Je ne comprends pas. Ce fameux soir, après qu'elle nous a surpris ensemble dans la cabine du bateau, on a eu une longue conversation. J'ai pensé qu'elle avait accepté la situation. Elle m'a souhaité d'être heureux avec toi, et je l'ai crue. Mais apparemment, juste après, elle t'a poussée dans l'eau…

Je frissonnai. Upton me serra plus fort.

– Désolé.

– Ce n'est pas grave. Les gens font parfois des choses dingues par amour.

Upton rit.

– Elle ne m'a jamais aimé. Elle était juste obsédée.

– Oh, Upton, tu es trop adorable !

Il haussa les sourcils.

– Tu trouves ?

– Tu ne t'en es pas encore aperçu ? Tout le monde t'aime.

Il recula pour mieux me voir.

– Toi aussi ?

Je soupirai.

– Oui. Même moi.

Il sourit.

– Oh, mince !

– Quoi ?

– J'aimerais vraiment t'embrasser.

Je souris aux anges et soulevai le bras gauche. Dessous, une petite bande de peau blanche subsistait, à l'endroit du bandeau.

– Ici, tu peux.

Upton pencha la tête, porta mon poignet à ses lèvres et l'embrassa délicatement. Un frisson délicieux courut sur mon bras.

– C’est agréable ?

– Divin.

Il m’embrassa de nouveau. Un millier de fois. Jusqu’à ce que je pique une crise de fou rire, oubliant provisoirement le cauchemar que je venais de vivre.

Spa maison

Je rinçai le masque hydratant à deux cents dollars le gramme que Kiran avait patiemment appliqué sur mon visage, tamponnai ma peau sensible avec une serviette et me regardai dans le miroir. Kiran, vêtue d'une robe de soie rouge, s'avança derrière moi pour évaluer l'effet de son produit miracle. À en croire sa moue dépitée, ce n'était guère concluant.

– Bon, au moins, on a réussi à rendre tes cheveux à peu près normaux, fit-elle sur un ton résigné.

– Tais-toi !

Je lui balançai ma serviette. Elle se protégea le visage avec les bras.

– Je plaisante ! Tu es déjà mille fois plus belle.

– Sérieux ?

J'examinai mon reflet. Au bout de deux jours, les brûlures de mon visage étaient presque guéries. Seul mon nez demeurait rouge et pelé. Mes lèvres étaient encore crevassées et douloureuses, mais les ampoules avaient disparu. C'était plus pratique pour manger. Et aussi pour embrasser. Upton et moi l'avions constaté plus tôt dans la soirée, pendant que Caroline faisait une pause.

– C'est vrai, confirma Noëlle, qui venait d'apparaître à la porte de la salle de bains. Le temps qu'on rentre à Easton, tu seras presque reconnaissable.

Easton. Je frissonnai à la perspective de revoir Josh. Avait-il appris ce qui s'était passé ? J'étais quasiment sûre qu'aucune de mes amies ne l'avait appelé. Quant aux mecs, ils étaient généralement moins fiables, question ragots. J'espérais que si Dash, Gage ou West l'avait mis au courant, Josh m'aurait téléphoné, ou au moins envoyé un e-mail. Mais je n'avais rien reçu. Je ne l'avais pas vu depuis deux semaines, et c'était le silence radio.

Bah, quelle importance, après tout ? J'avais Upton. Il était là, tout près de moi, au quotidien.

– Allez, viens. Taylor t'a concocté une couleur de vernis perso, et elle nous bassine avec ça depuis une heure, dit Noëlle.

Elle releva ses cheveux au sommet de sa tête et les fixa avec une baguette japonaise. Kiran et moi la suivîmes dans ma chambre, où Taylor, Tiffany, et Amberly nous attendaient en feuilletant des magazines. L'iPod de Noëlle, qui trônait dans son dock sur ma commode, diffusait des morceaux de façon aléatoire. Noëlle avait également apporté des chaises. Devant l'une d'elles, Taylor avait installé un appareil de thalasso pour pieds. À côté, elle avait disposé son kit professionnel de manucure/pédicure.

– Je n'ai jamais compris pourquoi tu avais appris à faire des soins de pédicure, observai-je en m'asseyant.

Les muscles de mes pieds se détendirent délicieusement au contact de l'eau chaude.

– Vous n'allez pas dans des salons spéciaux pour vous faire faire ce genre de choses ?

Taylor haussa les épaules.

– Ma mère a une pédicure, Charlotte, qui vient lui faire les ongles une fois par semaine. Quand j'étais petite, ça me fascinait de la voir travailler.

Un fin bandeau noir plaquait ses boucles blondes en arrière, et elle portait une nuisette noire à fines bretelles, bordée de dentelle. Elle prit le flacon de vernis qu'elle avait préparé pour moi, le secoua et l'inspecta.

– C'était super pratique à Billings, quand on était sous la neige et désœuvrées, dit Kiran.

Elle se laissa tomber sur mon lit et piocha un chocolat dans une boîte.

– Ah, Billings… J'ai hâte de rentrer ! soupira Tiffany en renversant la tête.

Amberly, qui lui vernissait les ongles, approuva vigoureusement. Kiran et Taylor échangèrent un regard. Elles avaient définitivement quitté Billings l'an passé. Elles avaient beau prétendre le contraire, leur ancien dortoir devait leur manquer. Personnellement, j'en avais été exclue pendant un mois, et ça avait été un vrai déchirement.

– J'ai réfléchi, Reed. Je pense que je vais partager ma chambre avec toi, déclara Noëlle.

Elle s'assit à son tour sur le lit, manquant de renverser les boîtes de chocolat.

– Quoi ? fit un chœur de voix.

– Tu vas renoncer à ta chambre simple ? s'étonna Tiffany.

Noëlle roula les yeux, comme si ce n'était vraiment pas un scoop.

– Je ne peux pas obliger Amberly et Reed à cohabiter. Elles se tueraient !

Un silence inconfortable plana, troublé seulement par les bulles du spa miniature. Personne n'avait oublié que ma dernière camarade de chambre avait essayé de me tuer. À force, on aurait presque pu former un club. J'imaginai les réunions : Ariana, Sabine et Mme Ryan, dans la même pièce, comparant leurs expériences. Cette pensée me fit froid dans le dos.

– OK, ma langue a fourché, admit Noëlle. Enfin, vous comprenez l'idée. On installe Astrid avec Amberly, on en finit avec cette horrible chambre à trois lits, et Reed vient avec moi.

– Tu es sûre ? demandai-je.

– Il faut que quelqu'un veille sur toi en permanence, c'est clair, reprit Noëlle. Je veux bien m'en charger. Si je ne t'avais pas convaincue de rester après ta quasi-noyade, tu n'aurais pas été kidnappée. Maintenant, je me sens responsable de toi.

Elle avait dit ça sur un ton détaché, mais je ne m'y trompais pas. Elle n'aurait jamais pris cette décision si elle ne s'était pas sentie coupable. Ce qui m'était arrivé n'était pas de sa faute, bien sûr. C'était moi qui avais décidé de rester, au final. Mais je me gardai bien de la contredire.

Tout le monde me regardait, comme si Noëlle venait de m'inviter à l'accompagner au bal de la promo. Nos amies guettaient ma réponse, se demandant si j'allais ou non lui briser le cœur. C'était ridicule ; n'empêche que je me sentais un poil nerveuse.

– Euh, d'accord, dis-je.

– Cool ! s'écria Amberly, avant de virer au rouge betterave.

Les rires fusèrent. Apparemment, elle était aussi soulagée que moi de voir s'éloigner le spectre de notre cohabitation.

Je m'aperçus soudain que j'étais impatiente de rentrer à Easton. De retrouver Billings, de m'installer avec Noëlle... Ça allait être génial ! Et quel soulagement de quitter ma chambre simple à Pemberly.

– Alors, c'est réglé. Mais je prends le lit côté fenêtre, dit Noëlle en levant un doigt.

– Forcément, commenta Kiran avec un soupçon de sarcasme.

– Vite, quelqu'un peut monter le son ? J'adore cette chanson ! couina Amberly en agitant une main en direction de l'iPod.

Kiran se dirigea vers le dock d'un pas chaloupé et monta le volume. C'était une chanson pop hyper gnangnan. Je n'en revenais pas que Noëlle ait téléchargé ça. J'allais la taquiner, quand Amberly se mit à chanter à tue-tête, sans cesser de limer les ongles de Tiffany. Nous la regardâmes toutes en nous retenant d'éclater de rire, de crainte de briser le charme. Finalement, c'est notre silence qui l'alerta. Elle leva les yeux et devint toute rose.

– Quoi ? Je chante faux ?

Cette fois, les rires fusèrent. Kiran me lança un chocolat. Avant de me rasseoir pour profiter de ma pédicure, je regardai mes amies et réalisai avec un pincement au cœur que nous ne nous reverrions pas de sitôt. Peut-être même jamais... Une fraction de seconde, j'eus la nostalgie du bon vieux temps. Quand Ariana était encore mon amie. Avant que j'apprenne ce qu'elle avait fait à Thomas, et qu'elle essaye de me tuer. Je regrettais ces soirées où nous faisions la fête ensemble, indifférentes au monde extérieur.

Ces moments me manquaient, mais l'avenir m'en réservait probablement d'autres, aussi agréables. J'allais bientôt rentrer au lycée. Retrouver mon dortoir chéri. Après ce que j'avais vécu ici, le fait que les filles Billings m'avaient exclue à tort ne me semblait plus aussi grave. J'étais tout à fait disposée à leur pardonner.

Scoop

Mes sacs étaient de nouveau devant la porte, mais cette fois, les valises de Noëlle étaient empilées à côté, triplant le volume des bagages. Notre retour était prévu pour l'après-midi. Enfin ! En arrivant à Saint-Barth, émerveillée par la beauté de l'île, j'avais imaginé que je ne voudrais plus jamais la quitter. Et pourtant, aujourd'hui, l'impatience me consumait. J'avais hâte de retrouver ma vie d'avant, mes petites habitudes…

Upton pressa ma main. Je le regardai et mon cœur se contracta.

–Je peux t'emmener avec moi ? chuchotai-je.

–J'adorerais pouvoir venir… Mais je promets de te rendre visite bientôt.

–Hé, les tourtereaux, on ne chuchote pas à table ! intervint Noëlle. C'est fou, ce que vous êtes mal élevés !

Je rougis et regardai à la dérobée les parents de mes amis, assis autour de la grande table de brunch. Ils nous considéraient d'un air amusé. Noëlle avait beau plaisanter, c'était embarrassant.

– Reed, tu peux me passer la salade de fruits, s'il te plaît ? lança Sawyer, rompant le silence.

Merci pour la diversion ! Je lâchai la main d'Upton et tendis à Sawyer le grand saladier en verre dépoli. Il me sourit.

– Merci.

Je lui adressai un clin d'œil en retour.

– Merci à toi.

M. Lange s'éclaircit la gorge et se leva. Il portait une chemise Oxford rose rentrée dans un pantalon chinos. L'archétype de l'homme d'affaires décontracté. Il leva son verre de mimosa.

– Votre attention s'il vous plaît, mes amis. J'ai une nouvelle à vous apprendre.

Upton et Noëlle haussèrent les sourcils, surpris.

– Ces deux dernières semaines, et même ces derniers mois ont été éprouvants pour nous tous, commença M. Lange en lorgnant dans ma direction. Mais cette année qui commence est l'occasion de prendre un nouveau départ. Le bureau des directeurs de l'académie d'Easton vient de faire un choix qui, selon moi, marquera l'entrée de notre cher établissement dans une ère nouvelle.

M. Hathaway, assis face à ses fils, se tapota les lèvres avec sa serviette.

– Je suis heureux de vous apprendre que Hanny Hathaway a accepté le poste de directeur de l'académie d'Easton, continua M. Lange. Et que ses deux charmants garçons, ici présents, intégreront le lycée dès la rentrée.

Je regardai Sawyer, sidérée.

– Sans déconner ? Tu vas à Easton ?

Il hocha la tête et tripota la serviette sur ses genoux. La famille Lange et les Giles applaudirent. Upton se leva pour féliciter M. Hathaway. Noëlle s'approcha de notre nouveau directeur et l'embrassa sur la joue. Sur le chemin du retour, elle s'arrêta près de la chaise de Graham.

– Vous êtes sûrs que vous allez nous supporter, tous les deux ?

– Sans problème, dit Graham en mordant dans sa tartine.

Sawyer semblait moins enthousiaste.

– Qu'est-ce qu'il y a ? Tu stresses à l'idée de changer de lycée ? lui demandai-je.

– Ouais, un peu. C'est nul de partir en milieu d'année.

– Ne t'inquiète pas. Tu as déjà des amis à Easton. Et avec ton père comme directeur, vous allez atterrir dans un bon dortoir, forcément.

– Quels sont les bons dortoirs ? voulut savoir Graham.

Noëlle s'assit sur la chaise qu'Upton venait de libérer pour être plus près de nous.

– Pour les mecs, c'est Ketlar. Il n'y a pas photo ! Si quelqu'un prononce le mot Gleck, sauve-toi en courant.

Sawyer fronça les sourcils.

– C'est quoi le problème avec Gleck ?

Je roulai les yeux.

– Il n'y en a pas. C'est juste que tout le monde s'imagine qu'il y en a un.

– Mais oui, bien sûr..., fit Noëlle. Notre petite Reed essaye toujours de se persuader que les gens ont été créés égaux. Je croyais qu'elle avait dépassé ça, mais non...

– Et vous, les filles, dans quel dortoir vous êtes ? demanda Graham.

– Billings, répondis-je.

– Le meilleur dortoir du campus. On te présentera nos copines. Il y a des célibataires, ajouta Noëlle avec un clin d'œil.

– Noëlle ? Tu peux venir une seconde, s'il te plaît, appela Mme Lange.

Son téléphone portable était ouvert, et elle avait la main sur l'écouteur.

– Je suis en ligne avec Bliss. Ils veulent actualiser ton dossier.

– J'arrive !

Je regardai mon amie s'éloigner en m'étonnant une fois de plus du comportement de sa mère. Mme Lange avait invité des amis à un brunch, et, alors qu'ils étaient tous assis autour de la table, elle téléphonait au spa pour prendre rendez-vous. Étrange, non ?

– Hier soir, j'ai entendu mon père et M. Lange parler au téléphone, me confia soudain Sawyer en jouant avec ses œufs brouillés. Ils étaient dans le bureau de papa, en ligne avec quelqu'un. Le haut-parleur était enclenché, mais le son était trop bas pour que je comprenne tout. Le mot Billings est revenu plusieurs fois dans la conversation.

– Que disaient-ils ?

Sawyer lança un coup d'œil méfiant à son père et à celui de Noëlle.

– Je ne sais pas, mais ils n'avaient pas l'air d'accord. M. Lange était furieux. Papa essayait de le calmer.

L'angoisse me serra la gorge et mes paumes devinrent moites. Je me rapprochai de Sawyer pour continuer à l'interroger à voix basse :

– Tu ne te rappelles pas un truc en particulier ? Est-ce qu'ils parlaient de nous séparer ?

Sawyer parut soudain tendu, comme si mon inquiétude était communicative.

– Je ne sais pas. Mon père n'arrêtait pas de répéter : « je comprends, je comprends... » Il y avait une histoire de médias...

Il haussa les épaules. Et soudain, son visage s'éclaira.

– Ah, ouais… À la fin, j'ai entendu le père de Noëlle admettre que c'était pour le bien du lycée. Même s'il ne semblait pas ravi.

Je hochai la tête, dubitative. En général, les mesures « bonnes pour le lycée » ne l'étaient pas pour les filles Billings. Je regardai Noëlle discuter joyeusement avec sa mère. Était-elle au courant de ce qui se tramait ? Je décidai de ne pas lui poser la question. Si elle ne savait rien, elle me cuisinerait pour essayer de me soutirer une information que je n'avais pas. Au point où on en était, le mieux était d'attendre notre retour à Easton. Quoi qu'il arrive, on trouverait toujours un moyen d'arranger les choses. Il le faudrait bien. Pas question de retourner à Pemberly ! En plus, peut-être que Sawyer avait mal entendu. Ou mal interprété ce qu'il avait capté. Tout était possible. Inutile de se ronger les sangs avant de connaître les détails.

– Salut.

Upton me posa une main sur la nuque ; de l'autre, il tapota l'épaule de Sawyer.

– Ça t'ennuie si je te la vole ?

Sawyer se retourna vers son assiette.

– Je t'en prie.

– Merci, mec.

Upton m'offrit une main.

– Viens, allons marcher. Il fait un temps magnifique, et je veux t'avoir un peu rien que pour moi avant que tu partes.

Je me levai, ravie d'oublier momentanément mes soucis. Je ne pouvais rien faire pour le moment ; je n'allais pas laisser une catastrophe imaginaire gâcher mes derniers instants avec Upton.

– Avec plaisir.

Avant de m'éloigner, j'adressai un sourire à Sawyer, mais il regardait ailleurs.

Adieux

Je laissai mon regard se perdre sur l'océan turquoise. Debout derrière moi, Upton m'enlaçait, le menton posé sur mon épaule. J'avais le cœur lourd et joyeux à la fois.

– À quoi tu penses ? me demanda-t-il.

– J'étais en train de réaliser que tu vas vraiment me manquer.

Il rit.

– On dirait que ça te surprend.

Je soupirai. Oui, d'une certaine manière, j'étais surprise. J'avais du mal à croire qu'en aussi peu de temps je m'étais à ce point attachée à lui. La chaleur de sa peau, la rugosité de ses joues les jours où il ne se rasait pas, l'odeur fraîche de ses vêtements, son accent sexy, tout cela allait terriblement me manquer.

Dans quelque temps, nous allions monter chacun dans un avion et partir dans des directions opposées, rejoindre des pays éloignés. Je savais que rompre définitivement serait très douloureux. Pourtant, je me posais toujours la question. Avais-je vraiment envie d'être liée à quelqu'un ? De rentrer à Easton en étant cataloguée comme la petite amie d'Upton ? De devoir m'interroger chaque fois que je flirterais, chaque fois que je me ferais accompagner à une fête ? Chaque fois que je rencontrerais un mec craquant ? Ça n'était pas vraiment compatible avec la vie insouciante que je m'étais promis de mener à mon retour, lorsque j'étais sur l'île.

Je devais lui expliquer. Être honnête avec lui. Et vite, avant que mon cœur explose. Je me tournai face à lui. Upton laissa ses bras sur ma taille, si bien que nos visages étaient tout proches l'un de l'autre.

– Upton, au sujet de notre relation à distance…

– Aïe. Je sens que tu veux me faire un discours pragmatique…

– C'est juste que…

Je pris une profonde inspiration et tripotai les boutons de sa chemise en lin blanc.

– Ça ne me semble pas très réaliste.

– Je sais.

Je levai les yeux vers lui, à la fois soulagée et déçue. Sans vraiment me l'avouer, j'avais envie qu'il résiste.

– C'est vrai ?

– Je ne peux pas attendre d'une fille comme toi qu'elle se cloître, dit-il avec un petit sourire narquois.

Il glissa une mèche de cheveux derrière mon oreille.

– Ce n'est pas que je n'ai pas de sentiments pour toi… Bien au contraire, ajoutai-je précipitamment. C'est juste que… je me suis promis de profiter de la vie comme elle vient, et…

Upton haussa les épaules.

– Après trois expériences de mort imminente et six jours seule sur une île déserte, je suppose que c'était prévisible.

J'éclatai de rire.

– Donc, tu me comprends ?

– Bien sûr. Mais ça veut dire que c'est terminé pour de bon ? Plus de Reed du tout ? Je dois complètement renoncer à toi ? Pas d'appel, pas de texto, ni rien ? Parce que je ne crois pas que je sois prêt pour ça.

Je lui décochai un sourire radieux.

– Inutile de prendre des mesures aussi drastiques. Qu'est-ce que tu dirais de rester en contact et… de voir ce qui se passe ?

– Et éventuellement, de se revoir pendant les vacances de Pâques ? À condition que ni toi ni moi n'ayons quelqu'un d'autre, précisa-t-il. Mes parents ont une villa dans le sud de l'Italie. Je suis sûr que tu l'adorerais.

– Le sud de l'Italie ? Je ne dis pas non ! Il n'y a pas d'île déserte, là-bas ?

– Pas que je sache. Mais si jamais c'était le cas, je te promets qu'elles seront peuplées d'ici le mois de mars !

– J'espère bien.

Upton me serra contre lui et nous restâmes enlacés un très long moment, jusqu'à ce que les vagues viennent nous lécher les pieds.

– Reed ! Ils chargent la voiture. On y va ! me cria Noëlle depuis le patio.

– Bon. J'ai l'impression que le moment est venu..., soupira Upton.

Je sentis mon cœur sombrer.

– Tu crois ?

Il regarda derrière lui. Noëlle nous toisait sévèrement.

– Oui, si on ne veut pas s'attirer les foudres de Noëlle Lange.

Je pouffai.

– J'arrive ! criai-je à mon amie.

Noëlle roula les yeux et rentra dans la maison en grognant. Upton me sourit, les bras autour de ma taille.

– Alors, c'est un adieu ?

– Un adieu provisoire, rectifiai-je.

– D'accord.

Il glissa une main sur ma nuque et caressa du pouce la peau fragile sous mon oreille. Je me sentis fondre.

– Adieu provisoire, Reed Brennan, murmura-t-il.

Puis il m'embrassa pendant une éternité, jusqu'à ce que mes lèvres soient complètement engourdies.

Retour à la normale

Le nez collé au hublot, je regardai le sol s'éloigner à mesure que l'avion s'élevait dans le ciel limpide. Lorsque l'île eut disparu derrière nous, je sentis mes épaules soulagées d'un poids énorme. Comme si, en quittant Saint-Barth, j'abandonnais jusqu'au souvenir de toutes les choses tragiques que j'y avais vécues. Cette nouvelle année allait me permettre de prendre un nouveau départ, ainsi que l'avait prédit M. Lange.

– Eh bien... Tu parles de vacances, soupira Noëlle en appuyant la tête contre le dossier de son siège, face au mien.

Tiffany et Amberly étaient parties dans la matinée, aussi n'étions-nous que trois passagères dans le jet privé. Mme Lange était assise au fond de l'appareil, un masque sur les yeux.

– C'était très excitant, dis-je, non sans ironie.

– C'est bien, je vois que tu as décidé de positiver ! observa Noëlle avec un sourire.

Mon iPhone bipa. Je le récupérai sur mes genoux et consultai l'écran. Depuis que nous nous étions quittés sur la plage, Upton n'arrêtait pas de m'envoyer des textos, commentant avec humour ses moindres faits et gestes. Celui-ci disait simplement :

Dans les airs. Et toi ?

Je me dépêchai de rédiger une réponse :

Moi aussi.

– Ça alors. Qui aurait cru qu'Upton pouvait être aussi collant ? plaisanta Noëlle.

– Il n'est pas collant. C'est hyper mignon, protestai-je.

Le téléphone bipa de nouveau.

Au secours. Je sens que tu t'éloignes.

Mon sourire s'élargit. Je lui renvoyai le SMS suivant :

Il faut t'endurcir, ou ces 2 mois vont
te paraître vraiment très longs !

Je mis mon téléphone sur vibreur et le glissai dans mon sac. Tout à l'heure, au moment des adieux, je m'étais promis que ces baisers échangés avec Upton étaient les derniers. J'allais rentrer à Easton et vivre ma vie comme si je ne l'avais jamais rencontré. C'était ma décision. En plus, Upton était un tombeur. Malgré tout ce qu'on avait vécu ensemble, et même s'il affirmait vouloir rester en contact avec moi, je devais être réaliste. Il y avait de fortes chances pour qu'il m'oublie à la seconde où j'aurais tourné le dos.

Ses textos me détrompaient, et c'était agréable. N'empêche, je devais m'en tenir à ma résolution.

– Alors, tes parents viennent te rejoindre à New York ? s'enquit Noëlle.

– Ouais. Avec mon frère, Scott.

Je grésillais d'impatience à la pensée de tous les retrouver en même temps. Il ne me restait qu'une journée de vacances avant de devoir regagner Easton. Je n'aurais pas eu le temps d'aller en Pennsylvanie, aussi ma famille avait-elle décidé de faire le voyage en voiture jusqu'à New York. M. Lange leur avait réservé un hôtel pour deux nuits, afin que nous puissions passer le maximum de temps ensemble. J'avais même espéré présenter mes parents aux Lange, mais le père de Noëlle était déjà reparti pour la Californie, où il avait une réunion de travail.

– Mmmh ! Je vais enfin rencontrer Scott Brennan, dit Noëlle en se léchant les lèvres avec gourmandise.

– Arrête ! Je t'interdis de t'approcher de lui, m'esclaffai-je.

– Tu as peur que je le mange tout cru ? demanda-t-elle avec un sourire moqueur.

– Tu m'étonnes. Il se liquéfierait à tes pieds.

– Très bien.

Elle regarda par la fenêtre et soupira.

– Je suis trop pressée de rentrer à Billings et que tu t'installes dans ma chambre. Et j'ai hâte aussi de décrocher ce fichu diplôme !

Pour la première fois depuis longtemps, je songeai à tout ce que Noëlle avait traversé depuis un an. Le procès consécutif à l'assassinat de Thomas, son renvoi d'Easton, sa période de probation... Tout cela l'avait empêchée de passer son diplôme au printemps dernier. À l'automne, son père avait réussi à lui faire réintégrer Easton, où elle redoublait sa terminale. Cette année, elle terminerait enfin le lycée, mais elle aurait toujours un an de retard par rapport à ses camarades. Dash, Natasha Crenshaw et les autres. Pour une fille comme elle, habituée à toujours commander, à tout savoir, se retrouver à la traîne avait dû être particulièrement pénible.

Et pourtant aujourd'hui, elle avait hâte de rentrer à Billings, où je ne sais quelle surprise nous attendait. J'avais du mal à croire qu'elle n'était pas au courant de la nouvelle menace qui pesait sur notre dortoir. Je soupirai et décidai de me jeter à l'eau :

– Noëlle… Sawyer m'a dit un truc au brunch, ce matin. Il aurait entendu une conversation téléphonique entre ton père et le sien, et une tierce personne…

Mon amie me considéra avec curiosité.

– À quel sujet ?

– D'après Sawyer, ils parlaient de Billings, et ça lui a paru de mauvais augure. Je me demande s'ils ne réfléchissaient pas à un moyen de nous séparer, une fois de plus.

Noëlle se mit à rire.

– Mais non. Si c'était le cas, je serais forcément au courant.

– Mais je…

– Reed, je t'en prie. S'il y avait un quelconque problème concernant Billings, papa m'en aurait parlé. Point final.

J'aurais aimé la croire, mais je n'arrivais pas à m'extraire de la tête les paroles de Sawyer. « Pour le bien du lycée. »

– Ton père n'est pas au courant de tout, si ? insistai-je, mal à l'aise. Il ne fait pas partie du bureau, ni rien…

Noëlle éclata de rire, secoua la tête et ouvrit le magazine qui traînait devant elle.

– Non. Papa ne va pas aux réunions du bureau. Il préfère agir en coulisse. Comme le grand et puissant magicien d'Oz.

Je la regardai, le front plissé. Qu'est-ce que cela signifiait ? Son père avait-il plus de pouvoir que le bureau ? Avant ce voyage, je n'avais jamais vu M. Lange. À ma connaissance, il n'avait pas mis les pieds sur le campus durant l'année et demie que j'avais passée à Easton.

– Mais je…

Noëlle referma brusquement son magazine et me fixa, les yeux brillants.

– Je viens d'avoir une idée fabuleuse ! Ta mère et toi, vous pourriez venir avec nous chez Bliss, demain.

OK. Changement de sujet.

– Noëlle, c'est vraiment gentil, mais on n'a pas les moyens de…

– Chut ! On le mettra sur notre note, c'est tout. Allez… Tu as besoin de te détendre avant la reprise des cours. Quant à ta mère… est-ce qu'elle s'est déjà fait faire un massage, une fois dans sa vie ?

– Pas que je sache.

– Un massage facial ?

– Ça, je suis sûre que non ! m'esclaffai-je.

– Alors vous devez absolument venir, trancha Noëlle. S'il te plaît…

– Et mon père, et Scott ? protestai-je. Ils vont s'ennuyer.

– Tu plaisantes ? Ils seront à New York pour la première fois. Ils en profiteront pour aller voir je ne sais quel match, ou manger une pizza fabuleuse.

J'éclatai de rire. On aurait dit qu'elle les connaissait.

– D'accord, d'accord, on vient !

– Génial. Je réserve immédiatement.

Elle sortit son iPhone de son sac et fit défiler son carnet d'adresses. Je me renversai sur mon siège et regardai de nouveau par le hublot. On ne voyait plus que le ciel et l'océan. Là-bas, à des kilomètres, se trouvaient les États-Unis, le Connecticut et l'académie d'Easton. Nous serions bientôt chez nous. Ce soir, je verrais mes parents. Demain, je me ferais chouchouter chez Bliss avec ma mère et Noëlle. Et après-demain, de retour à Billings, je retrouverais une vie normale.

Gravats

– Je propose qu'on commence par passer au secrétariat, pour vérifier qu'ils t'ont bien changée de dortoir, suggéra Noëlle en tirant sa valise à roulettes dans la cour circulaire, devant Bradwell.

Il faisait un froid de canard. Bien qu'emmitouflée dans mon manteau de laine, je grelottais. J'avais du mal à me rappeler que, trois jours plus tôt, je crevais de chaud à Saint-Barth.

– Il faut aussi qu'ils nous envoient quelqu'un pour retirer les meubles en trop dans la chambre triple, et les mettre dans la mienne. Et ce soir, j'ai prévu une petite fête pour ton retour.

J'éprouvai soudain une légère appréhension à l'idée de revoir toutes les filles Billings en même temps.

– Tu es sûre que les autres seront d'accord ?

– Tu veux rire ? Elles sont prêtes à ramper à tes pieds.

Noëlle remonta ses lunettes de soleil sur sa tête.

– J'ai déjà chargé Rose et London de la nourriture et de la déco. Je ne serais pas étonnée que certaines t'offrent de petits cadeaux, pour se faire pardonner.

Je ris et bombai le torse en longeant la façade latérale de Bradwell. Je m'efforçais d'ignorer les battements affolés de mon cœur. Quelque part sur ce campus se trouvait Josh Hollis. Comment allais-je réagir quand je le verrais ? Que lui dirais-je ? Et lui, que me dirait-il ? Il faudrait que je sois sympa, détachée. Pas question de lui reprocher son silence. Je n'avais aucune intention de passer pour une pauvre fille pathétique. J'étais Reed Brennan. J'étais de nouveau une fille Billings. Un Anglais super sexy craquait pour moi. Ça aurait dû suffire à regonfler mon ego.

– J'ai hâte de voir la tête de Constance quand elle apprendra qu'elle n'est plus obligée de vivre dans une chambre triple, confiai-je à Noëlle, qui bifurquait à droite pour rejoindre Billings. Elle va…

Je n'achevai pas ma phrase : je venais de percuter la valise de mon amie, qui s'était arrêtée net au milieu du sentier. Je lui saisis le bras pour retrouver mon équilibre.

– Qu'est-ce qui t'arrive ? m'esclaffai-je.

Noëlle avait blêmi, et sa bouche entrouverte lui donnait un air ahuri assez peu flatteur. J'allais la taquiner sur ce thème, lorsque j'entendis les bips, les grincements… La puanteur caractéristique du gazole emplit mes narines.

La gorge nouée, je suivis le regard de Noëlle. Rien n'aurait pu me préparer au spectacle que je découvris. Ou plus exactement, à ce que je ne vis pas.

Billings avait disparu.

À l'endroit où le grand bâtiment se dressait d'ordinaire, il n'y avait qu'un pan de ciel gris. Seule une moitié du mur côté ouest était encore debout. Deux pelleteuses jaunes hideuses dégageaient les pierres, les briques, la terre et les gravats. Les décombres de Billings. De mon dortoir.

Muette de stupeur, je me tournai vers Noëlle, qui tremblait des pieds à la tête. Elle lâcha ses bagages et fit quelques pas chancelants.

– Qu'est-ce que...

Pour une fois, Noëlle Lange ne savait pas tout.

Alors, seulement, je remarquai les autres élèves. Ils étaient plusieurs dizaines éparpillés dans la cour carrée, emmitouflés dans leurs manteaux d'hiver, des cartons, des sacs de sport et des valises posés près d'eux. Tous regardaient fixement les deux engins manœuvrer autour de la zone du carnage.

Certains écarquillaient les yeux, d'autres avaient une main sur la bouche et regardaient tout autour d'eux, abasourdis. D'autres enfin ne cachaient pas leur joie. Ils nous remarquèrent et nous montrèrent du doigt. Je pris mon amie par le bras.

– Noëlle. Que s'est-il passé ? Que se passe-t-il ?

Mon geste parut l'arracher à son hébétude. Elle sortit son portable de son sac et, d'un geste rageur, composa un numéro sur l'écran tactile. Puis elle colla le téléphone à son oreille et explosa :

– Comment tu as pu garder ça pour toi ? Il n'y a plus rien ! Billings a disparu. Tu aurais pu m'avertir, non ? Comment tu as pu laisser faire une chose pareille ?

Elle s'éloigna vers Bradwell sans cesser de lâcher des imprécations. De temps à autre, elle s'appuyait au mur du bâtiment, comme pour rétablir son équilibre ou s'assurer qu'elle ne rêvait pas. Quant à moi, je fixais les arbres qui se dressaient autrefois derrière Billings. On les voyait désormais depuis la cour carrée. Mon dortoir avait disparu. Ma maison n'était plus que décombres. Où allais-je dormir ?

– Reed.

Cette voix me causa un picotement dans la nuque, et mon cœur acheva de sombrer. Je n'étais pas préparée à ça. Pas maintenant. Comment lui présenter un visage heureux et détaché, dans ces conditions ? Mais je n'avais pas le choix.

Je me tournai et me retrouvai nez à nez avec Josh Hollis... et Ivy Slade, main dans la main.

– Tu es là, fit-il, manifestement confus. Je... On a appris ce qui s'est passé. Je pensais que tu serais encore... convalescente. Comment ça va ?

– Elle va bien, regarde ! intervint Ivy. Je te rappelle qu'on parle de Reed Brennan…

Elle lâcha la main de Josh pour me prendre dans ses bras, et me serra si étroitement que je me mis à tousser. Je me dégageai pour lui rendre son étreinte, sans cesser de fixer Josh. J'attendais quelque chose. Un mot articulé en silence, un regard, un sourire… Un indice qui m'éclairerait sur ce qu'il pensait. Mais il se contenta de me dévisager. Son expression était indéchiffrable. Je lâchai Ivy et reculai légèrement.

– Et toi, comment tu te sens ?

Elle avait l'air en forme : elle avait même pris un peu de poids, ce qui la rendait moins squelettique. Ses joues étaient roses, ses cheveux brillants, et ses yeux noirs pétillaient de joie.

– Je suis en pleine forme, confirma-t-elle. Rien de tel que les nouveaux départs, pas vrai ?

J'avais envie de rentrer sous terre. Mon nouveau départ à moi venait d'être étouffé dans l'œuf. Je cherchai quelque chose à répondre, un truc spirituel si possible. Un moyen d'insinuer que je savais depuis longtemps que Billings allait être détruit, et que ça me laissait totalement indifférente.

Une limousine s'arrêta dans la cour circulaire ; Sawyer en descendit. Soudain, je n'avais plus du tout envie de parler à Josh et Ivy. J'étais trop fatiguée pour jouer un jeu, pour donner le change. Trop anéantie.

Sawyer s'était fait couper les cheveux, juste assez pour dégager ses yeux, et il était trop mignon avec son manteau de laine gris et son pantalon noir. Lorsqu'il m'aperçut, il me décocha ce sourire fragile, vulnérable, dont il avait le secret. J'en fus toute retournée. Josh dut surprendre mon expression, car il pivota et lança un regard interrogateur à Sawyer, puis à Graham, qui venait de rejoindre son frère.

Derrière moi, j'entendis un fracas sinistre, suivi d'un bruit d'éboulis. Certains élèves, dans la cour carrée, poussèrent des cris de joie en voyant le dernier mur de Billings s'écrouler. Noëlle hurlait toujours dans son téléphone. Sawyer me fit un signe de la main. Josh me regardait, intrigué. Pendant un long moment, je restai immobile, indécise. Je ne savais où aller, vers qui me tourner, par quoi commencer. Alors, je me contentai de fermer les yeux et de respirer profondément.

Ma vie devenait soudain très intéressante.

Cet ouvrage a été mis en pages
par DV Arts Graphiques à La Rochelle

Impression réalisée par

CPI
BRODARD & TAUPIN

La Flèche

en février 2013
pour le compte des Éditions Bayard

Imprimé en France
N° d'impression : 72117